文春文庫

闇の歯車

藤沢周平

目次

誘う男 7
酒亭おかめ 70
押し込み 129
ちぎれた鎖 182
解説 湯川豊 246

作品中には、今日では不適切とされる表現がありますが、著者が故人であること、著作者人格権を考慮し、当初の表現を尊重しました。ご理解賜りますようお願いいたします。

闇の歯車

誘う男

一

暑い夜だった。そして夜は始まったばかりだった。暑いので、どこの家も窓や戸を開けはなしている。そのため家の中の物音が外に筒抜けだった。瀬戸物を割った音、赤ん坊の泣き声、咳払い、女の笑い声などが、雑然としたざわめきになって、暑苦しく澱《よど》んだ路地の夜気を、たえずかきみだしている。

そのざわめきの中に、さっきから単調な女の声がまじっている。ここを開けておくれな、おまえさん。ちょっとでいいからさあ、話を聞いておくれよう。ねえ、たのむからさあ。疲れ切った女の声がそう言っていた。

──まだやっている。

佐之助は、畳の上に仰向けに寝たまま、ひと言ずつ語尾がのびる女の声を聞いている。女の声は、いまにも泣きそうに聞こえる。じっさい泣いているらしく、声は時どきとぎれた。そしてしばらくすると、また戸を叩き、哀れな声で家の中に呼びかける。来ると女は、およそ半刻《はんとき》（一時間）はそうしている。

佐之助は、女も、女がおまえさんと呼びかけている男も知っている。二人は三月前まで夫婦だったのだ。男は源助という手間取り畳職で、佐之助の家のはす向かいに住んでいる。

いつも少し俯《うつむ》いて歩き、陰気そうに見える男だが、まじめな性格らしく、朝は六ツ半（午前七時）に家を出、夜も六ツ半（午後七時）にはきちんと家に帰ってくる。夫婦別れする前も、後も同じだった。途中で一杯やってくる様子もなく、そうして帰ってくると、夜はきっちり五ツ半（午後九時）に灯を消す。その時刻に源助は床につくらしかった。

――べつに、それほどいい男というわけでもないのにな。

と佐之助は思う。源助はむしろ醜男《ぶおとこ》の方である。大きく厚い唇を持ち、細い眼をして、佐之助と同じ二十六だというが、年よりは三つ、四つ老《ふ》けて見える。

佐之助がそう思うのは、いま「お願いだからさあ」と、戸を叩いている女が、色白でわりあいととのった目鼻だちをしているのを知っているからである。

おくみという源助の女房は、子供もいないので同じ黒江町の端《はず》れにある「ひさご」という飲み屋で働いていたのである。おくみはそこで客の一人と浮気をしたのだ、と噂があった。その噂が、夫婦別れする前からあったのか、別れたあとで出てきたものかは、佐之助は知らない。ただある朝、井戸端で顔を洗っていて、裏店《うらだな》の女房たちがひそひそとそう話しているのを、耳にはさんだだけである。

——しかし、それにしても……。

たとえば浮気が事実だとしても、もうそろそろいいじゃないかと佐之助は思う。見たところ可愛い感じがする女が、なりふりかまわず訴えているのが哀れだった。この暑いのに、かたくなに戸を閉めきって開けようとしない、醜男の亭主を微《かす》かに憎む気持が動く。

だが、そう思うだけで、佐之助は暗い畳の上に、汗ばんだままじっと寝ている。どちらを向いても暑かった。窓は全部開けはなし、入口の戸も開いたままだが、風はそよりとも入って来ない。動けば、汗がどっと流れ出そうで、佐之助はじっとしている。それでも背中のあたりは、気味悪く汗がたまっていた。

女の訴える声は、佐之助にいつももう一人の女のことを思い出させる。闇の中にのけぞった白い喉《のど》を思い出させる。そして低い囁《ささや》きが甦《よみがえ》ってくる。どうしても、やめられないんですか。博奕《ばくち》をしちゃいけないなんて、言いません。ただこわいんです。いまに悪いことが起こりそうで、こわいんです。

女は佐之助を諫《いさ》めたのではなかった。真実おびえていたのだった。佐之助は、女の訴えに取りあわなかった。取りあわなかったばかりでなく、小心さをからかったりしたのは、女のおびえの深さが見えなかったのである。小心な女だった。つましく、暮らし上手で、大風が吹いたと言っておびえ、雷が鳴ると顔色を変えた。女の訴えを佐之助はそういうものだと思っていたのである。

きえという女だった。いつも佐之助の身体の陰にかくれるようにしている女だった。しかしきえは、突然に姿を消した。佐之助は、不意に頬を打たれたような驚きを感じた。そのときの驚きは、三年たったいまも、微かな痛みと一緒に、心のどこかに残っている。

きえのおびえは間違っていなかった、といまでは思う。いつでもやめられると思っていた博奕から、佐之助はついに一度も足を抜くことが出来なかったし、その間に賭場《とば》で人を刺し、檜物《ひもの》師という職も捨てた。そしていまは博奕よりもっと悪い仕事で喰っている。

「……？」

佐之助は半身を起こした。女の声が消えている。路地には、まだざわめきが続き、子供を叱る棘《とげ》とげしい声や、物がぶつかった音、弱よわしく泣き続ける赤ん坊の声などが聞こえているが、その中から女の気配は消えていた。

肩を落として裏店の木戸を出て行く女の姿が見えるようだった。そういう姿の女と、外から帰ってきて偶然すれ違ったことがある。女は打ちしおれていて、佐之助を見もしなかった。佐之助も声をかけなかった。佐之助に限らず、裏店の者たちは、三日に一度ぐらい女が訪ねてきて、そうしているのを見て見ぬふりをしている。

佐之助は頭を振って、女の姿を払い落とした。それから立ち上がって台所に行くと、水を飲んだ。甕《かめ》に溜めてある水は、気味悪くぬるんでいたが、佐之助は息もつかずに柄杓《ひしやく》で二杯飲んだ。それから着ていた襦袢《じゆばん》をぬいで、裸になると、水に浸した手拭いで肌を拭いた。いっときひやりとしただけで、肌はすぐになまあたたかい空気に包まれたが、それでもいくらか気分がさっぱりしたようだった。

茶の間に戻ると、佐之助は暗闇の中で浴衣を着、茶箪笥のひき出しから、手さぐりで匕首《あいくち》をつかみ取ると、懐に入れた。それから戸締りをして外に出た。路地には、家家から灯のいろがこぼれ、まだざわめく物音が続いている。裏店の者たちが、飯を喰い終り、床について、だんだんにそのざわめきが消えるまで、まだたっぷり半刻はかかるのだ。夜気は、そのころになって漸《よう》く幾分か冷えてくる。

佐之助は、足音を立てずに路地を抜けると、裏店の外に出た。星明りで、家の中よりは外の方がぼんやりと物が見える。佐之助は急ぎ足に黒江町の暗い町並みを東の方に歩いた。行く先は決まっている。

島田町の町並みを、木場に渡る筑後橋に抜けたとき、眼に不意に赤いものが飛びこんできた。木場の向う、六万坪の方角に、大きな月が出ているのだった。

二

——こいつは、まずいかね。

橋の上に立ち止まって、佐之助は月を睨《にら》んだ。月はいまのぼったばかりで、少し形が歪《ゆが》み、気味が悪いほど赤いいろをしている。黒ずんで、血の色を思わせた。木立も屋並みも少ない扁平な木場の町が、その下に黒ぐろと静まりかえっている。

だが立ち止まったのは、僅かな思案の間だけだった。佐之助はすぐにもとの足どりに戻って、橋を渡ると、木場の中に入って行った。掘割にかかっている橋を、さらに二つ渡ったが、その間誰にも会わなかった。一度だけ、堀に漬けてある材木に宿っていた鳥が、佐之助の足音を聞きつけたらしく、けたたましい声を挙げただけである。

夜の木場は野原に似ていた。ところどころに材木が山のように積み上げてあり、大きな店や人足小屋がその陰から現われるが、道はすぐに雑草が繁る野道になる。漸く一軒の材木屋の前で、佐之助は足をとめた。間口の広い店構えで、店の横の材木置場には、幾山も材木が積み重ねてある。屋根と柱だけの小屋掛けが、置場の前に五つほどあるのは、昼の間人足がそこで茶を飲んだり、地べたに敷いた蓆《むしろ》の上にひっくりかえって休んだりするのである。

小屋も材木置場もひっそりしていた。幾分光を増した月が、そのあたりを鈍《にぶ》く照らし出しているだけである。店の中には灯がともっている。だが灯のいろが見えるのは、窓ひとつだけで、店は頑丈そうな雨戸を閉めまわし、佐之助がその横を通り抜けたときも、人声は聞こえなかった。

佐之助は、店の横から建物の裏手に回った。そこにもう一軒家があった。しもた屋風の平家造りだが、大きな家だった。その家の横に、軒が高い納屋がそびえている。佐之助は真直《まっす》ぐ納屋に近づいた。

すると入口のそばから、男が一人立ち上がって佐之助を迎えた。佐之助より二つ、三つ若そうに見える男だった。それまで男は入口のわきにある石に腰をおろしていたようである。

「今晩は。遊びかい」

若い男は、佐之助の顔を確かめるとそう挨拶した。佐之助は首を振った。すると男の笑いが途中で歪んだ。

「一石屋《いっこく》は、来ているかね」

佐之助は、男に身体を寄せ、すばやく紙にひねったものを男の手に握らせると言った。若い男はうなずいた。だが男の顔には、ありありと迷惑そうな表情が浮かんでいる。

「ありがとよ」

佐之助は、男の表情の中に浮かんでいる逡巡《しゅんじゅん》とおびえの両方を消してやるように、軽く背を叩いた。

「おめえに、迷惑はかけねえよ」

「あまり手荒なことは、しねえ方がいいぜ」

と、男は言った。入口に歩きかけた佐之助は、その声を聞くと振りむいて男の顔を真直ぐみた。それから声を出さないで笑ってやった。男が息を呑んだ気配を背にして、佐之助は納屋の中に入って行った。

入ったところは土間だった。右手の柱にかけてある小さな懸《か》け行燈《あんどん》が、そこに積んだり、掛けたりしてある物を照らしている。長柄の鳶口《とびぐち》、藤縄、縄、藁束《わらたば》、大八車の輪などが雑然と置いてある。突きあたりは粗《あら》い土壁で、壁の右端に、小さい潜《くぐ》り戸がある。どこからともなく、微かなざわめきのような物音が聞こえる。ざわめきは、むろん戸の向うから聞こえてくるのである。

佐之助は、音がしないようにそっと戸を引き、中に入りこんだ。そこは床を上げ、畳を敷いた座敷になっている。佐之助も何度か来ている賭場だった。元加賀町に住んで、木場人足を五、六十人差配《さはい》している庄兵衛という男が胴元で、庄兵衛は三崎屋というここの材木屋と縁続きだときいている。それだから、これだけ手のこんだ造作《ぞうさく》も出来たのだろう。

蠟燭《ろうそく》の光の中に、佐之助は庄兵衛の顔を捜したが、いなかった。いつもなら庄兵衛がいる、駒札《こまふだ》を並べてある場所には、若い男が坐っている。今夜の賭場は、いま盆を仕切っている中年の中盆が差配しているようだった。佐之助が知らない男だった。中盆だけなら、挨拶はいらないと佐之助は思った。

佐之助は盆のまわりに立ったり蹲《うずくま》ったりして、勝負を眺めている男たちの間に、目立たないように紛《まぎ》れこんだ。盆は熱が入っていて、佐之助に眼をとめた者は誰もいなかった。

首をのばして、佐之助は盆を覗《のぞ》いた。すると、壺振りのすぐ横に坐っている一石屋の顔が見えた。円蔵という名で、十年ほど前には、自分で大八車を引いて材木を商っていた男である。だが、ここ五、六年の間に、急に商いが太くなって、いまは元木場の西永町に大きな店を構えている。やり手の材木商だった。

やり手だが、人間は汚い。遠慮はいらないから痛めつけてやれ、と仕事をくれた奥村は言ったのである。

立っている人間の間から、佐之助は一石屋の赫《あか》ら顔を見つめた。一応は商家の旦那らしく、膝をそろえて金を賭けているが、時どき顔をあげて中盆になにか言ったりする時、尋常でない険《けわ》しい眼つきを見せる。大きな身体だった。

佐之助は辛抱づよく一石屋が座を立つのを待ち、立ち上がって潜り戸の方に歩いて行くのをみると、静かに盆わきを離れて後を追った。潜り戸を出ると、中の喧騒が嘘のように消えて、懸け行燈の明りが、ひっそりと納屋の内を照らしている。

納屋を出ると、一石屋は横手に回って草むらに小便をした。佐之助も横にならんで小便をした。

「ああ負けた、負けた」

一石屋は前を向いたまま言った。

「しかしつきが回ってくるのは、これからでな。うん、これからが面白くなる」

一石屋は、まだまだ帰るつもりはないらしかった。佐之助が終っても、一石屋の小便はながながと続いている。

「あんたどうだね？　儲かったかね」

一石屋は、腰を振ってようやく小便をしまいにすると、はじめて佐之助を振りむいて言った。

「まあまあですがね。ところで、一石屋の旦那」

佐之助は、納屋に戻ろうとする一石屋の足を、邪魔するように、前に立ち塞《ふさ》がった。さっきの見張りの男は、気を利かして姿を消している。

「旦那に、折入って話があるんですがね」

「……」

一石屋は黙って佐之助の顔を見た。それから薄笑いを浮かべた。

「金でも貸せっていうのかね。しかし金は……」

「金じゃねえんで、旦那」

佐之助は、胸をつきつけるように、一石屋に身体を寄せた。その気配に押されたように、一石屋は一歩後にさがった。表情がこわばったのが、月明りで見える。

「折入っての話と言ったはずですがね」

「あんた、誰だね？」

と一石屋が言った。佐之助は、以前この賭場で二、三度一石屋を見かけているが、むこうでは佐之助をおぼえていないようだった。

「そんなことはどうでもいいじゃありませんか。どうです？　話を聞いてもらえますかね」

佐之助は、押しのけて中に入ろうとした一石屋を、柔らかく押し戻した。

「仕方がないな」

一石屋は諦めたように言った。

「何の話か知らないが、言ってみたらいい。しかしだ。あたしをただの商人だと思って、変なことは言わない方がいい……」

佐之助は無言で笑った。その笑いをみて、一石屋は口を噤《つぐ》んだ。もう一度強引に中に入りこもうとした一石屋を、佐之助は今度は強く胸を突いて押し戻した。

「それでは、ちょっと向うまで行ってもらいますか」

「話ならここで出来るじゃないか」

と一石屋は言ったが、佐之助は今度は手荒く相手の肩をこづいた。一石屋はもう一度抗《あらが》うそぶりを見せたが、諦めたらしく、先に立って庭の外に出た。

「そっちだよ」

店の横を通って表に出ると、佐之助は一石屋を材木置場に追いこんだ。月はすっかりのぼり切って、明る過ぎるぐらいの光が、置場の材木や、打ち捨てられている車、小屋掛けなどを照らしている。材木の下で、虫が鳴いている。

「さあ、何の話ですか」

向き直ると一石屋が言った。ここまで連れ出されて、かえって度胸が坐ったのか、ふてぶてしい面構えになっていた。

「ろくでもない話だったら、あたしはごめんこうむって賭場に戻るよ」

「手っとり早く言うぜ。富川町の大野屋に貸した金だがな。そいつの取り立てを少し待ってやる気はないかね」

「……」

「待ってやんなよ、とっつぁん。お前さん、同業に金を貸すのが好きらしいが、お前さんに借りたところは、高《たけ》え利息と取り立てが厳しいんで、みんな潰れてるそうじゃないか。一石屋はそれで身代が肥ったと噂があるぜ」

「おおきなお世話だね」

「次は大野屋という狙いらしいが、あそこはちょっと待ってもらえば、いくらも立ち直れる店だそうだ。いま潰したら、とっつぁんよ。あんた怨《うら》まれるぜ」

「あたしは、人に怨まれるなどというのは、いっこうに平気だよ」

「あ、そうらしいな。いや言い方が悪かった。待ってやらねえと、ひどいことになるんだがね」

「あんた、それは脅《おど》しかね」

「そのつもりだ」

「大野屋に頼まれたんだな？」

「いや、それは違うんだ。大野屋なんかに、俺ア会ったこともねえ」

「……」

一石屋は首をかしげた。

「それで？　待てというのは、十日も待つのかね」

「半年」

一石屋は笑い出した。

「こいつは驚いた。半年待ったんじゃ、こっちがおかしくなる。悪い冗談だ」

「冗談なんか言ってねえよ」

佐之助は、不意に一石屋に組みつくと、振りもぎろうと暴れる身体を押さえて、懐から匕首《あいくち》を出した。歯で鞘《さや》をはずすと、無造作に一石屋の腿《もも》を刺した。一石屋の身体は、魚のように跳ねあがって倒れたが、悲鳴は途中で消えた。佐之助がすばやく口を塞《ふさ》いだからである。

「わかったな。半年だ」

佐之助は、羽がい締めにするように、倒れた一石屋の上体を後から押さえて、囁《ささや》いた。

「半年は、大野屋に手出しするんじゃねえぜ。そうしねえと、今度は命を頂く。ここをぷっすりとやる」

佐之助は掌《てのひら》で、一石屋の胸をぴたぴたと叩いた。一石屋は、わかったというようにうなずき、佐之助が口から手を離すと、大きな呻《うめ》き声をたてた。一石屋の身体は顫《ふる》えつづけている。

「それから、今夜のことは、誰にも喋《しゃべ》らねえことだな。やろうと思えば、おめえの心ノ臓に突っこむことも出来たんだ。そいつを忘れるんじゃねえぜ」

「わかった」

一石屋は弱よわしく言い、また大きな呻き声を立てた。佐之助が手を離すと、一石屋は刺された腿を抱え、海老《えび》のように身体を曲げて転がった。

「店に人がいるようだぜ。そこまで這《は》って行くんだな」

言い捨てると、佐之助は足早に材木置場を出た。

三

馬道《うまみち》通りは、両側とも店が閉まっていたが、まだまばらな人通りがあった。酔っぱらいが一人、佐之助の前を歩いて行く。酔っぱらいは、時どき立ち止まって、ろれつの回らない舌で何か怒鳴《どな》ったが、振りむく者はいなかった。

佐之助は、一ノ鳥居の方によろめきながら遠ざかる酔っぱらいを見送ると、そこから畳横町に曲った。門前仲町を通り過ぎると、蛤《はまぐり》町のとっつきから蜆《しじみ》川に沿って右に折れた。ここまで来ると、いつも微かに汐の香がする。

蜆川の名は、むかしここまでじかに海の水が入りこみ、蜆がとれたのでつけられたが、いまは家が立てこんで、幅三尺ほどのただのどぶ川になっている。それでも満潮のときになると、このあたりまで汐が押しあげてくるらしかった。

川端に、ひっそりと赤提灯《ちょうちん》を出している一軒の飲み屋がある。佐之助は暖簾《のれん》をわけて中に入ると、うつむいたまま隅まで歩き、そこに坐った。そこがいつも坐る場所で、ほかのところに坐ると落ちつかない。だから佐之助は、客が混んでいるときは、めったにこの店に来ることがない。大概客が引き揚げる五ツ半（午後九時）ごろにやってきて、町木戸が閉まるまで飲んで帰る。今日はいつもより少し遅れていた。

そう広い店ではない。店に突き出した板場を取り囲む形で、鉤《かぎ》の手に奥まで土間がのび、そこに窮屈に飯台《はんだい》と腰掛けが置いてある。混んでいるときも、客が十五人も坐れば店は一杯になる。

自分の場所に坐ってから、佐之助は顔をあげて店の中を見回した。いつもの顔触れが二人、やはり飲んでいる。三十過ぎに見える浪人者と、白髪の年寄りである。大ていはこのほかにもう一人、商人ふうの若い男がいるのだが、今夜は姿を見せていなかった。佐之助をいれて、この四人が、大概看板まで飲んで、店の親爺に追い出される仲間である。

仲間といっても、べつに言葉をかわすことはない。それぞれ離れたところで、黙って飲んでいるだけである。それだけの仲に過ぎないが、佐之助は、彼らに微かな親しみのようなものを抱いている。彼らがいるのをみると、なんとなく安心して飲めた。

親爺が酒を運んできた。うどの酢味噌和《あ》えと枝豆がついている。

「今夜は白身の刺身ですよ」

「うん。もらうよ」

佐之助が言うと、親爺はむっつりした顔で板場に引き返して行った。愛想もない五十男である。五ツ（午後八時）ごろまでは、おすえという、体格のいい大年増が店を手伝うのだが、おすえが帰ったあとは、色の黒い小男の親爺一人で、店のことをやる。だが酒も料理もうまいものを出す。料理は、つまみひとつにしても、材料が新しいだけでなく、よく吟味したものをそろえていた。いま出ている枝豆にしても、よその飲み屋や料理屋で喰うものと、ひと味違うところがある。

佐之助は、たて続けに盃を空けた。辛口の酒が、喉を灼《や》いて滑り落ちるたびに、それまでしぶとく残っていた、血なまぐさい気分と緊張がゆるやかに溶けるのを感じる。そして、いつもの怠惰な気分が、ためらいがちに戻ってくるのがわかる。ひと仕事終えたという気持があった。奥村に言われたとおりに手順を運んで、やり過ぎもやり残しもなかった。前金一両、後金二両しめて三両の仕事がこれで終ったのである。当分は何もしないで、裏店にひっくり返っていればいい。金は、上大島町の奥村の家に行けば、いつでも払ってくれる。

　血だらけの腿を抱えて、地面に転がった一石屋の姿が、ちらと頭をかすめたが、兆《きざ》してきた酔いがすぐにその記憶をどこかに運び去った。仕事の記憶は、手早く酒で消し、そのあとぐっすり眠る。一晩熟睡すると、次の日は気分がさっぱりして、仕事のことはあまり思い出さない。思い出しても、ほんの短い間のことで、記憶は断《き》れ断《ぎ》れになり、やがて忘れる。

　一度やった仕事を、くよくよといつまでも考えないのが、佐之助のやり方だった。なるべく早く忘れる。そうしないと、こういう仕事は長く続かないし、腕も鈍るのだ。

　佐之助は銚子を取りかえてもらって、手酌《てじやく》で盃を満たしてから、顔をあげた。浪人者と白髪の爺さんはまだ飲んでいる。どういう人間か、と佐之助はいつものように二人のことを考える。

　浪人者は、月代《さかやき》がのび、青白い顔をしている。飲んでも赤くならないたちのようだった。市中で見かける浪人者の中には、いかにも尾羽《おは》打ちからしたというふうに、貧しい身なりの人間がいるものだが、この浪人は、洗ったあとはみえるが、いつもさっぱりしたものを着ている。端整な顔立ちと、もの静かな人柄からみて、たとえば手習いの師匠とか、割のいい内職の道がついている人間に違いない、と佐之助はみている。

だが、手習いの師匠にしては、酒が深すぎるという気もした。瘦せているのに、驚くほど酒量が多いのだ。大概佐之助より前にきていて、きっかり店が閉まるまでいる。その間青白い顔をうつむけて、黙黙と飲んでいる。どういう人間かと思うことがあるが、それから先の詮索《せんさく》をする気はない。なにかわけのありそうな浪人だと眺めているだけである。

浪人にくらべると、白髪の爺さんの方は、幾らか素姓がわかっている。爺さんには家族がいる。職人風のきちんとした男がきて、飲み代を払い、酔って足もともおぼつかなくなった爺さんを、肩にかけるようにして連れ戻るのを二、三度見ている。爺さんに話しかける言葉は柔かく、三十半ばの、息子とも見えるその男は、爺さんの家の婿《むこ》なのかも知れない、と佐之助はそのとき思ったのである。

ちゃんとした家族がいることはわかっているが、爺さんの面構えには、ただの年寄りとも思えないところがあった。無口だとみえて、ほかの客と話しているなどというところを見たこともないが、それは爺さんの人相をみて、ほかの者が声をかけかねるということもあるかも知れなかった。

顔は、夏も冬も日焼けしている。地肌が黒いのではなく、明らかに日焼けだったが、長い年月の間、日に晒《さら》したような、しみついてしまった色だった。そうかといって漁師とも見えないところが不思議だった。一度飲み屋の親爺と話している声は、歯切れのいい職人言葉だったのである。そして何かの拍子に掬《すく》いあげるように人を見る眼に、険しい光があった。いま爺さんは、佐之助に背を向けて、酒を飲んでいる。少し丸まった年寄りくさい背だったが、その背をみていると、爺さんが何を考えているか、わかったもんじゃないという気がしてくる。

この二人にくらべると、今日は顔を見せていない、もう一人の若い男はどうということもないという気がする。肥って、酒を飲む手つきが落ちつかない男である。ぜいたくな身なりと、白く艶《つや》のいい顔をして、商家の若旦那ふうに見える。商家の若旦那が、こんな飲み屋で遅くまで飲んでいるのが不思議といえば不思議だったが、何か家に早く帰りたくない事情があるのかも知れない、と佐之助は推量している。男の酒の飲みっぷりが荒っぽく、心に苛立ちがあるように見えたからである。

――それぞれ、わけがあるだろうさ。

俺も含めてな、と佐之助は思った。そういう人間が、べつに言葉をかわすでもなく、黙って飲んでいるのが、佐之助には気に入っている。ここでは、誰に煩《わずら》わされることもない。飲み屋の親爺も、自分からよけいな口をはさむような人間ではない。

これで店を閉めるのがもう半刻も遅かったら、まったく言うことはないのだ。

佐之助が、少し陶然とした気分でそう思ったとき、店に人が入ってきた。遅い客もあるものだ、と佐之助が思ったとき、ほかの二人もそう思ったらしく、首をもたげて客の方を見た。

入ってきたのは、小肥りの商家の旦那ふうの男だった。身なりもよく、顔には愛想のいい微笑が貼りついている。五十前後に見え、少し腹が出ている。男は羽織の裾をさばいて腰かけると、寄って行った親爺に愛想よく声をかけた。

「済みませんな。こんなに遅くやって来て」

少し甲《かん》高い声だった。のっそり立っている親爺に、さらにこういうのが聞こえた。

「どうしても一杯やりたくなって、あちこち回ったんだが、もうどこも閉めちゃってね。ここならまだだろうと思って、あたしゃ走って来ましたよ」

男は甲高い声で笑った。そう言えば、この男を、一、二度見かけたことがあるな、と佐之助は思った。だが、この男は常連ではない。佐之助はそう思い、俯《うつむ》いて刺身をつまんだ。すると、不意に眼の前に人の気配がした。顔をあげると、遅れて入ってきた男だった。銚子を片手にして、断わりもなしに飯台の向う側に坐ろうとしている。

佐之助は顔をしかめた。

「いかがですか、一杯」

男はにこにこして言った。さくら色の艶のいい顔をしている。佐之助は黙って男を見返したが、首を振って眼を伏せると、手酌で盃に酒を満たした。それが返事のつもりだったが、男はまた言った。

「ぐっと空けて下さい。さ、一杯お注ぎしましょう」

「いらないよ。俺は人におごられるのは嫌いなんだ」

「まあ、そう言わずにどうですか」

佐之助は、また顔をあげて男を見た。男の口調に変にしつこいものを感じたからである。だが男は他意はなさそうに笑っている。

――出しゃばりな野郎だ。

腹の中に、微かに怒りが動くのを感じながら、佐之助は思った。男の軽がるしい笑いも気にいらなかった。

「ここじゃ、みんな勝手に飲んでるんでね。あんたのように人に注いで回ったりはしないんだ。向うへ行って、一人で飲んだらどうですかね」

「おや、そうですか」

男は恐縮したように言った。だがそう言っただけで立つ気配はなかった。へらへら笑っている。

「これはお気を悪くさせましたかな。だが、ちょっとだけ、お話をしたかったもんで」

「俺はべつに、話すことなんかないがね」

「ま、そうおっしゃらずに、ちょっとだけ。お酒、どうですか」

男は図図しく銚子を持った手をのばしてくる。佐之助は箸を置いて、正面から男の顔を見た。笑顔をそのままにして、男も真直ぐ佐之助を見返している。細く笑み崩れている眼の奥に、刺すような光がある。

――何だい、この男は。

岡っ引か、と一瞬身体がこわばったが、男から匂ってくるのはもっと別のものだった。男が、急に得体が知れない人間に見えてきた。用心深く佐之助は言った。

「話というのは、何ですかい？」

「大きな声じゃ言えませんが……」

男は飯台の上に身体を乗り出すと、急に低い囁《ささや》き声になった。

「儲《もう》け話があるんですよ。ひと口乗っちゃくれませんか」

「儲け話だと？」

「そう。一人頭《あたま》百両は堅いんだが、どうですかね」

男はいきなり言った。佐之助は眼を瞠《みは》ったが、苦笑して首を振った。

「やばい仕事だろ？」

「いや、やばくない。ただの押し込みです」

「押し込み？」

佐之助も誘われて囁き声になったが、すぐ普通の声音に戻った。佐之助は手を振った。

「妙なことを言うね。あんた俺を誰かと間違えたんじゃねえかい。俺はそんな話に乗るような男じゃねえぜ」

「間違えちゃいないつもりなんですがね」

「……？」

「さっき三崎屋の材木置場でしたことを、見たんですがね」

懐に手を突っこんで佐之助がさっと立ち上がろうとした。だが男が上体をのばして、佐之助の手首を押さえた方が早かった。飯台ががたりと鳴って、白髪の爺さんが振りむいたので、二人は腰をおろした。

仮面を脱いだように、男の顔から笑いが消えている。そうして正面を切ると、眼つきが鋭い精悍《せいかん》な感じがする男だった。男は佐之助の眼をまともに見返しながら、低い声で続けた。

「一石屋という男はあたしも知ってますよ。あくどい男でしてな。あの男に金を借りたために二人も首をくっていますよ。さっきはいい気味でしたな」

「……」

「だが、あんな仕事をいつまでも続けるつもりですかね、あんた。続きやしませんよ。それよりはあたしの口に乗った方がいい。二、三年は遊んで暮らせます。なに、やばいことなどありゃしません。手順はもう出来上がってるんで、濡手に粟《あわ》です。あとは人を集めるだけ……」

男が言ったとき、後で「おとっつぁん、やっぱりここだったんですか」という女の声がした。男も振りむき、佐之助も声の方を見た。

白髪の爺さんのそばに、三十ぐらいの女が子供の手を引いて立っている。

「今日は飲みに出ないって、あんなに約束したんじゃありませんか。ほんとに情ない」

女は爺さんの手から邪険に銚子を取りあげ、それから板場から出てきた飲み屋の親爺に歩み寄った。

「済みません。おいくらですか」

女は金を払ってから言った。

「済みませんけど、今度きても飲ませないでくださいな。身体をこわしていましてね。酒を飲ましちゃいけないって、医者に言われてるんですよ」

「さいですか」

「お金持たせていないんですよ。持たせれば飲みますから。それなのにまあ、あんなに飲んじゃって」

女は爺さんの方を振りむいた。

「いったいどういうつもりかしら、おとっつぁんたら」

女は爺さんのそばに戻ると、邪険に腕を摑《つか》んで立たせた。面長で頰の瘦《や》せた女だったが、くぼんだ眼のあたりと鼻恰好が爺さんに似ている。腕を摑みあげられて、爺さんはひょろりと立ち上がり、腰かけに脛《すね》をぶつけながら戸口の方に歩いた。頑丈そうな上体がゆらゆらと揺れている。

「ちゃんと自分で歩きなさいよ」

女が叱って、子供の手を引いて先に外に出ると、爺さんも後に続いた。閾《しきい》をまたぐとき、爺さんが、なに言ってやがんでえ、と言ったのが聞こえた。

「どうですかね、さっきの話は」

親子連れが出て行くと、男は佐之助に顔を戻した。からみつくような眼だった。

「ことわるよ」

「へ？」

男は、またへらへら笑った。

「こりゃどうも」

「俺は、いまの仕事が気に入ってるんだ。ちゃんと喰えるし、性に合ってる」

「そうですかね。でもそう言っちゃなんですが、あんたは体《てい》よく使われているだけで、あのひとはひと仕事で、あんたの何倍もの金を懐にしてますよ」

「あのひとって誰のことだね」

「奥村さんのことですよ」

佐之助は音たてて盃を置いた。奥村とのつながりは口が裂けても言えない秘密だった。誰にも知られていないはずだったのだ。だが男は、佐之助の険しい眼を平気で見返している。

「はじめのうちはいい。あんたは若いし、今日みたいなことなら、辻つまも合っていて、気分の悪い仕事じゃない。だが、そのうち無理な注文が来ますよ。そのときにはやりたくないと思っても、もう足が抜けなくなっている。そういう男を、あたしは何人も知ってます」

「………」

「さっきの話は悪くないと思いますよ。二、三年はゆっくり休めます。その気があるなら、あんた、その金で足も洗えるというものですよ」

佐之助には、眼の前の男がいよいよ得体の知れない男に見えてきた。せっかくの酒が少しずつさめるようだった。

四

代稽古の謝礼を懐にしまって、伊黒《いぐろ》清十郎は道場を出た。看板には夕雲流指南淵田弥左衛門と記してある。

門を出ると、伊黒は習慣的に左右に眼を配った。だが伊勢崎町の広い河岸通りには、疎《まば》らな人通りがあるだけで、伊黒に眼を向けている者はいなかった。

日が傾いて、仙台堀の水面に弾《はじ》ける日の光が、飴《あめ》色に染まっている。伊黒はゆっくり河岸から海辺橋に向かう。海辺橋を渡ると、左手は何軒か寺が続く、さほど広くない通りだが、右手は万年町の二丁目から平野町と並ぶ町家で、店店の前には、夜の支度の買い物客が群れている。伊黒は町通りを抜け、もうひとつの橋を渡った。

橋向うは黒江町と一色町の町通りである。そこも人が混んでいた。買い物をしている女房たちの周りを、子供たちが騒騒しく駆けまわり、店先のものを引っくり返して、親と店の者の両方から叱られたりしている。もっとも中には、口に泡をためてお喋りに夢中で、子供が店の品をいじっているのに見向きもしない女房たちもいた。

伊黒は一色町の角を右に曲る。表通りから入ると、そこは急にひっそりと物音が絶え、人通りもほとんどなかった。伊黒はひっそりとした通りをさらに網打場の先に進んで、松村町の一軒の医者の門を潜った。さほど大きな家ではなく、玄関に入ると、中は薄暗かった。

出てきた五十年輩の医者は、伊黒を見るとむっつりした顔で奥に引っこんだ。次に出てきたときは紙包みを手にしていた。

「いつもお世話になり申す」

伊黒は紙包みを受け取ると、深ぶかと一礼した。それから横を向いて、さっき道場でもらった謝礼の包みを開け、一分銀二つをつまむと、医者に渡した。

「薬代でござる」

医者は掌の上の銀を眺めたが、眼をあげて伊黒を眺めると、急にずけずけした口調で言った。

「確かに頂戴《ちょうだい》した。しかし前の分の払いがだいぶたまっておるので、お忘れなく」

「は。忘れてはおりません。必ずお返し申しますゆえ、いましばらくご猶予《ゆうよ》を」

「いや、忘れておらなんだらいいわ」

医者は背を向けた。

「あ、宗亀《そうき》先生」

伊黒はあわてて呼びとめた。呼びとめられて、医者は障子の前から戻ってきたが、卵型の小ぶりで黒い顔には、あきらかに迷惑そうな表情が浮かんでいる。

「じつは家内のことでござるが、近ごろまた痛みが激しいようで、ことに夜になると、ことさら痛んで耐えがたいように見え申す。あれは何とかなりますまいか」

「痛む？　このあたりかな？」

医者は両手で自分の胸を抱くように、乳のあたりを押さえた。

「そのようでござる」

「両方かな？」

「ことに左が痛むと申す。時には夜も眠れぬようで」

「ふうむ」

医者は板の間に膝を落とした。するともともと小柄な医者の身体は、子供が坐っているように小さくなった。医者は思案するようにうつむけていた顔をあげた。

「咳はどうじゃな？」

「咳はおかげさまで、この薬を頂いてからよほど楽になったようでござる」

「そっちはいいが、今度はこっちが出て来たか」

医者は腕組みしたが、すぐに腕を解いた。

「要するにそういうことでな。この前も申しあげたように、ご新造の病は、なかなかおらんところまで進んでしまっておる。それに、申しては何だが、いまのお住《すま》居《い》がどうもいかんな。風が通らんから、家の中が湿っておるし、この暑さは耐え難かろう。あれではなおる病人もなおりませんぞ」

「…………」

「どこか、海辺の村にでも連れて行って、養生させるとよろしいのだがな。それで病気がなおるとは請《う》け合《あ》えんが、からりとした土地で、うまい魚でも喰わせる方が、わしの薬より効くかも知れんの」

「ごもっともでござる。しかしそれはそれとして、先生。一度来て、診《み》て頂くわけには参りませんか」

「…………」

「いや、それがし大よそのところは覚悟しており申す。しかし病人は、先生のお姿をみるだけでも、その、力になろうかと存じまして」

「いいよ。それでは明日にでも、一度行ってみましょう」

「有難うございます」

「しかし、伊黒さん」

医者はひょいと立ち上がると、伊黒と向きあって顔をのぞきこむようにした。

「あんた、近ごろちょいちょい仲《なか》町の方から酔って帰りなさるそうだの。夜分胸が痛むというご新造さんを残して、盛り場に飲みに出るというのは、お武家に説教するようで申訳ないが、感心せんの。ご新造がかわいそうだと、裏店《うらだな》の者が申しましたぞ。それに……」

背を向けて医者は言った。

「そんな金があれば、こちらに払ってもらいたいものだ」

伊黒は外に出ると空を仰いだ。外はまだ明るいが、空が夕焼けているのは、日が沈むところらしかった。そして道には、そよりとも風がなかった。

――また、今夜も暑かろう。

伊黒は、窓にひろがる夕焼けを見て、自分の帰りを待ちわびているに違いない病妻のことを思った。すると、またいつもの耐え難く重い気分が、胸を静かに浸《ひた》しはじめるのを感じた。静江の命は、そう長くはないだろうと伊黒は感じている。それは、そばにいる伊黒が一番よくわかっている。だがそのことを信じたくない気持も強かった。信じたくないから、伊黒は近ごろ、武士らしくもなくおろおろと静江から逃げまわっている。

――運のない二人だった。

と伊黒は思う。いつも思うことである。そしてそのあとに、そういう不運が、二人に与えられた運命だったのだ、と思い返す。

静江は人の妻だった。それを伊黒が盗み出したのである。五万石の三春藩城下を逃げ出したのが三年前である。そのときすでに静江は胸を病んでいた。二人は一たん僅かな知り合いを頼って上方に行ったが、そこに二年いて、一年ほど前、江戸まで戻ってきたのであった。上方にいる間も、江戸にきてからも、必ず誰かが追って来るだろうと、伊黒は警戒を怠らなかったが、追っ手はまだ現われていない。穴にひそみ隠れるようにして、二人は江戸の町の隅で暮らしている。その間にも、静江に棲《す》みついた病は、一刻の休みもなく、身体を蝕《むしば》んでいた。

病妻を放りっぱなしにして、蛤町に飲みに行くわけではない。だが痛みが激しくなると、静江はついに声を忍んで泣く。その痩せおとろえた身体を撫でながら、伊黒も歯を嚙《か》みしめて泣いている。そのあと、静江の苦しみにも一ときの安らぎが訪れる。その間に伊黒は飲みに走らずにいられないのだ。飲んでいる間だけ、伊黒の頭に、とりとめもなく希望めいたものが漂うのである。

「もし」

松村町を南に通り過ぎて、黒江川の河岸に出、橋を渡ろうとしたとき、伊黒はうしろから声をかけられた。反射的に振りむくと、小肥りの商人ふうの男が立っていた。満面に愛想笑いを浮かべ、商家の旦那といったなりをした男である。腹が出ている。

「わしに用か」

「さようでござります。お呼びとめして、申しわけございません」

手を揉《も》んで近づく男を、伊黒は怪訝《けげん》そうに見つめたが、その顔をどこかで一、二度見かけたことがあるような気がした。いくら商人といっても、こんなにみごとな愛想笑いが出来る男は、そう沢山いるものではない。

「お見忘れかも知れませんが、あたくし、前に二度ほど旦那にお目にかかっております」

「ほう」

やっぱりそうか、と伊黒は思った。だがどこで会っているかは、まだ思い出せなかった。

「蜆川のわきの、それ、おかめという飲み屋で、旦那をお見かけしました。申し遅れましたが、あたくしは伊兵衛と申します」

「さようか。それがしは伊黒と申す。伊黒清十郎」

「存じております、旦那。なんでも、ご新造さまのお身体ぐあいがよろしくないそうで、お気の毒でござりますな」

「……」

伊黒は眼を瞠《みは》った。意外な男が、意外なことを言うと思った。

「そなた、どうしてそれを知っておるな？」

「いえ、旦那がお住みになっているそちらの町に……」

伊兵衛と名乗った男は、指をあげて対岸の奥川町をさした。

「あたくしの知り合いがおりましてな。ちょいちょい参りますものですから、なんとなくお噂が耳に入りました。お医者は、網打場のそばの宗亀先生だそうで」

「さよう」

と言ったが、伊黒はひどく愛想のいい相手が、どこか油断ならない男のように思えた。伊兵衛は、警戒するような伊黒の眼に、一そう眼を細めて笑いかけた。

「宗亀先生なら、腕は確かでございますよ。愛想もなにもない先生ですが、これまでずいぶん難病の病人を救っております。まかせておいて気遣いございません」

「さようか」

「しかし、ずいぶんとお金がかかりましょうな。家の中に病人が一人おりますとそれは」

「町人」

伊黒は手を振って伊兵衛の言葉を遮った。

「用というのを聞こうか。別段の用がなければ、病人が待っておるゆえ、失礼するぞ」

「これは旦那、とんだ不調法を。むろんお話がございまして、おひきとめしました。

相済みません、ちょっとこちらまで」

伊兵衛は、通りかかった人を避けて、伊黒を橋の欄干に誘った。西空が真っ赤に焼けて、その下で町はたそがれいろに包まれようとしている。

「お話というのは、ほかでもございません。少し仕事を手伝って頂けないものかと、この間から考えておりましてな」

「仕事?」

「はい。大そう金になる仕事でございますよ」

「ほほう、何をやればいいのかな」

「押し込みでございます」

「………」

「なに、危いことはなにもございません。段取りは済んでいまして、ちょっと手を貸して頂くだけでよござんすが、いかがなものでしょう」

「町人」

伊黒は伊兵衛の顔をじっと見た。

「そなた、鼠賊《そぞく》か?」

「こいつは恐れ入ります。そうまともに糺《ただ》されますと顔が赤くなりますが、おっしゃるようなことがあたくしの稼業でございます」

「断わる」

伊黒はきっぱりと言った。

「いかにも貧してはいるが、鼠賊の手伝いはいたさん」

「ごもっともです、旦那」

歩き出した伊黒の背後に、伊兵衛の囁き声がぴったりくっついてくる。

「ご無理にはお誘いしません。しかしお手伝いくだされば、百両はさしあげられると存じますよ。ご返事は、いまでなくともよござんす、はい。ではいずれ、おかめでお会いしましたときに……」

伊兵衛の気配が、不意に消えた。伊黒は振りむいてみたが、薄闇に包まれた橋の上に、人影はなかった。

——すばしこい男だ。

伊黒は感嘆して歩き出そうとしたが、ふと立ち止まって欄干から川を見おろした。まだ残る赤黒い夕焼が、とろりとした川水を染めて、薄闇の中に、黒江川だけが一本の朱色の帯のように浮かび上がっている。

「百両か」

伊黒は呟《つぶや》いた。町の底にひっそりとかがやいている川が、静江と歩んできたこれまでの道のりのように見える。伊黒の姿も薄闇に包まれていて、その呟きを聞いた者はいなかった。

五

白髪の弥十は、孫のおはるの手を引いて、町を歩いていた。

べつに孫がかわいいわけではない。外へ出ようとしたら、娘のおやすがすばやく見咎《みとが》めて、出るならおはるを連れて行けと言ったのである。弥十が、また蜆川のそばの飲み屋に行くのを警戒していることは明らかだった。

だが時刻は七ツ（午後四時）を回ったばかりで、まだ日が高い。こんなに早くから飲み屋に行く馬鹿がいるか、と弥十は腹の中でおやすを罵《のの》るが、おやすの心配はもっともなところがある。弥十は飲みたくなると、銭があろうとなかろうと飲み屋に出かける。息せき切って駆けつける。いつも、行くところは蜆川の岸のおかめと決めているのは、その店が酒も喰い物も近頃のように品を落としたりせず、昔のままのものを出すからだが、そう決めておけば、娘や婿が迎えにくるのに便利でもあるのだ。銭を持っていないときは、弥十はじっと迎えを待って、いつまでも飲んでいる。そういうことでは、娘夫婦にいい加減迷惑をかけている。おやすが、父親の立ち居に眼を光らせるのは、当然といえば当然なのだ。

仕方なしに、弥十は四つになるおはるの手を引いて歩いていた。だが町はやたらに暑いばかりで、面白いことはなにもなかった。入船町は生まれた土地ではあるが、長い間町を留守にしたせいもあって、知っている顔はいない。弥十が知っている人間は、女房もふくめて、死んだり町を出て行ったりして、残っている者はいない。

いや、一人だけいるな、と弥十は思う。為五という男だ。左官をしていた為右衛門の五番目の子だったから為五だが、弥十が子供の頃の、たった一人残る遊び友達だったこの男は、もうすっかり耄碌《もうろく》している。いつも薄笑いを浮かべ、言うことはとんちんかんで、話にならない。たまに会って話しても、弥十は為五の耄碌ぶりに腹を立てて帰ってくる。

腹が立つのは為五ばかりではない。第一町がすっかり変ってしまった、と歩きながら弥十は横目で町を睨《にら》む。たとえば角の住吉屋は、昔からある履物屋だが、建て替えて店を大きくしてからは、すっかり品が悪くなった。昔の店先は細かい連子格《れんじごう》子《し》を使った障子戸が美しかったものだが、新しい店は粗く太い桟《さん》の障子に変えている。店の中はそれで明るくなったかも知れないが、あれじゃまるで牢屋じゃないか、と弥十は思う。軒に赤銅《しゃくどう》を使っているのも気にいらない。あんなけばけばしい造作《ぞうさく》は、商い店のやることではない。

その隣の植木屋は、道の上まで杭《くい》をぶちこんで簾《すだれ》をのばして日除けにしているが、昔はあんな不作法なことはしなかったものだ。それに町を歩いている娘たちの髪飾り、若い男の浴衣の柄は、なぜあんなに人眼を惹きたげに派手なのか。見てくれの根性が丸見えでいやしい。見てなんぞやるものか、と弥十は顔をそむける。人眼を惹くといえば、魚屋の前にいる女房二人は、いったいいつまでお喋りしているつもりか。大口あけて高笑いまでして、あれでよく亭主が我慢しているものだと弥十は思う。

町を歩いていると、見るものいちいちに腹が立つ。それでも町へ出るのは、家にいるよりはいいからである。家にいると、娘のおやすが口うるさい。

若い頃、弥十は建具職をしていた。娘夫婦の家に厄介になるようになってから、昔とった杵柄《きねづか》で、気が向けば家の中の仕事場で細工物をする。娘婿の市助が大工で、細工仕事は市助がもらってきてくれた。だがすぐに疲れる。それで仕事場にひっくり返っていると、おやすは行儀悪いと叱る。往来から見えるところで、ふんどし丸出しで寝ころんでいるのはみっともない、というわけだが、弥十に言わせればひっくり返っているのは、また起き上がって仕事をするつもりだからである。おやすのいうように、いちいち茶の間に上がって枕など出していては仕事にならない。

ほかにものを喰うとき音をたてるなとか、汗臭いからそろそろ湯屋に行ってきたらどうかとかうるさく言い、屁《へ》をこけば、まるで家の中にけがらわしいものが棲みついているといった眼で睨む。弥十は息がつまる。

――年を取ってみろ。自然《じねん》にこうなる。

と弥十は腹の中で思う。しかし、腹の中で思うだけで、口には出さない。黙っているのは、自分が厄介者だと心得ているからである。ただの厄介者ではない。弥十は若い頃、喧嘩で人を刺し、それが博奕のもつれからとわかって三十年も江戸払いになっていた人間である。もっとも将軍家御代がわりの大赦《たいしゃ》があって、江戸払いは十二年で解けていたのだが、弥十はそれを知らずにいて、帰ってきたのは五年前である。

事情がわかって帰って来たものの、すっかり年を取って、引き取り手がいなければ野垂れ死にするしかなかったのだが、幸いなことに、死んだ女房がたった一人の女の子を育てていた。その娘が大工を婿にしていたから、こんなもったいないような表店《おもてだな》で暮らしていられる。婿の市助もよく出来た男である。細工物は弥十の小遣いになるが、仕事がないときは市助がおやすに内緒で小遣いをくれたりする。

それでも弥十の心の中には、時として長い間の旅暮らしに対する強い郷愁のようなものが動くことがある。山中で風雨に打たれ、寒さに顫《ふる》えたことや、女房子を思い出して鼻をつまらせたことなどはきれいに忘れて、旅で知り合った若い娘のこと、晴れた日のかがやかしい野道などが頭に浮かんでくる。誰に文句を言われることもなく、気ままに飲みたいときに飲み、眠くなれば寝た暮らしをひそかに懐しむ。だから、娘にうるさく言われると、「いまに見ていろ」という気になる。だがそれも心の中で思うだけで、今日のように懐中一文なしでは、旅に出るどころか、甘酒も飲めない。そこで孫の手を引いて、横目で町を睨みながら歩いている。

「お爺ちゃん、お寺へ行こうよ」

とおはるが言う。おはるが言うお寺というのは、三十三間堂のことである。境内にはこんにゃくやところてん、団子などを喰わせる茶屋があり、水飴売りが店を出していた。弥十はそこで時どきおはるに団子を喰わせたりする。

「行ってもええが、今日は金がねえぞ」

「どうして？」

「どうしてって、おめえ。すっかり使っちまったのだ」

「またお酒飲んだの？　だめねえ」

う、うと弥十は唸《うな》っただけである。

「いいよ。今日はお団子はがまんする」

こましゃくれたがきだ、と弥十は思う。おやすもこんなふうな生意気な口をきいたな、とふっと思い出す。考えてみると、おやすがちょうどいまのおはるの年ごろに、弥十は江戸を追われたのである。

捕《つか》って取り調べも済み、仮牢の暮らしにも馴れたころ、弥十は白洲に呼び出された。それが江戸払いの申し渡しだったのである。砂利の上に坐ると、後に回った蹲《つく》踞《ばい》同心が、馴れた手つきで、みるみる弥十を後手に縛りあげた。鍵縄と呼ばれる縄がけだった。その姿で、弥十は吉川という吟味方与力が読みあげるお構状《かまいじよう》を聞き、そのあと細かい注意を受けた。

言い渡しが済むと、縄つきのまま奉行所から出され、年寄同心、若同心につき添われて、常盤橋御門外まで来ると、そこで縄を解かれた。解き放されたが、それで娑婆《しやば》に戻ったのではなく、弥十はその日のうちに、品川、板橋、千住、深川、本所、四谷の大木戸外に出なければならなかったのである。そして三十年が過ぎた。

汐見橋を渡って、二十間川の河岸をおはるを連れてぶらぶら北に歩きながら、弥十は不意にその三十年が夢だったような、奇怪な想念に取りつかれる。手を引いているのはおやすで、弥十は二十半ばの若いやくざ者だ。葭《よし》が生いしげる川岸には、そのときと同じ声音で、行行子《よしきり》が囀《さえず》っている。

頭を振って、弥十はその奇怪な感じを振り捨てた。子供の手をひいているのは、見るかげもない年寄りなのだ。擦《す》れ違う者が、そういう眼で、弥十とおはるを眺めて行く。

弥十は三十三間堂町と宮川町の間から、三十三間堂の境内に入った。いつ見ても大きな建物である。弥十はおはると並んで、門を入って正面のところで堂をおがんだが、またぶらぶらと長い濡縁に沿って境内を歩いた。団子はいらないと言ったのに、おはるは弥十の手にぶらさがりながら、左手にならぶ茶屋に顔を向けっぱなしで歩いている。

不意に、前に人が立ち塞《ふさ》がった。愛想のいい笑いを浮かべた小肥りの男だった。腹が少し突き出て、繁昌している店の旦那ふうに見える。

「今日はお仕事はお休みですかな」

と、男は愛想よく言った。

「仕事？」

「いつも表を通るとき、拝見していますよ。お年なのに、ご精が出ますなあ」

おべんちゃらを言ってやがる、と弥十は思った。精など出していない。だらだらと小遣い欲しさに仕方なくやっているだけである。う、うと弥十は口籠《くちごも》った。

「近ごろ、おかめに見えませんな。どうかしましたか」

男は話を変えた。ははあ、この男はあの飲み屋の客か。それで声をかけてきたのだ、と弥十は合点《がてん》した。だが見覚えのない顔だった。弥十の記憶にあるのは、いつも物がなしいような顔で、静かに飲んでいる浪人者と、若い男二人である。一人は若造のくせに腹に一物ありそうな鋭い眼つきの男で、もう一人はいい身なりをしているのに、落ちつきなく、荒っぽい飲み方をする。あの連中は、いわば飲み仲間だ。だがこの男は見たことがない。

「どうもしませんや。金がねえから行かねえだけでさ」

「これは恐れ入りました。お金なんぞ、あんた。あたしも大概夜はあそこに寄りますが、おいでになればおごりますよ」

「人におごられるのは嫌いだね」

と弥十はそっけなく言った。男の笑顔が少しうるさい。こういう人をそらさない笑顔の男が、えてして悪事に長《た》けているものだ。伝吉という男がそうだった。福福しい笑顔でいながら、博奕《ばくち》になるとあたりが眼をむくようなこすっからい勝負をし、しまいには人を殺して姿を消した。

「そうですか。なるほど昔鳴らしたおひとですなあ。気骨がおありになる。江戸に帰られたのは、五年前だそうですな」

やろ、なにをたくらんでいやがる。昔のことに触れてきた男に、弥十は険しい眼をむけた。だが男はいっこうに平気な顔で、穏やかに笑いながら弥十を見返している。

「それがどうしたい」

「いえ、じつはそういうお人柄を見込んで、ご相談がありましてな」

ちょっとこちらへ、と言って男は弥十を堂の先の柳の木陰まで引っぱった。

「あんたなら驚きもせんでしょうから、手っ取り早く言いましょう」

男は弥十の耳に口を寄せて、声をひそめた。

「押し込みを手伝いませんかね、あんた」

「押し込み？」

「そう。なに、むつかしいことじゃありません。子供の遊びみたいな、ごくやさしい仕事です」

懐しい言葉を聞く、と弥十は思った。そういっても弥十は、押し込みを働いたことはない。ただ放埒《ほうらつ》な暮らしをしていた頃、まわりにはそんな話がごろごろしていたのだ。

「どこへ入るんだ」

「それはちょっと。まだ言えませんな」

「そうかい。で、手伝ったらなんぼくれるね」

「そうですなあ」

男は弥十の身体を吟味するように、じろじろみた。

「まず、五十両ですな」

「………」

弥十は男の顔を見た。男は笑っていなかった。笑いやむと、男は眼つきが鋭く、むしろ険しい顔をしている。

なるほど悪い人相だ。この人相では、人と話すときは笑いでもしなければ話がまとまるめえ、と弥十は思った。同時に、男が本気で相談をかけているのを感じた。押し込みの指図ぐらい、やりそうに見える。

むくりと、身体の底で血が騒ぐのを感じた。すっかり忘れていた血のざわめきだった。男はさっき、仕事だと言ったが、よく言ったものだと弥十は思った。一坪半の仕事場で、時どきひっくり返りながら、ひと月もかかって手文庫ひとつを作っているのは、仕事とは言えない。そして、こんな本物の仕事を持ち込まれるのは、多分これがおしまいなのだ。

五十両あれば、旅に出られるかも知れない、と思ったとき、弥十はまた別の血がざわめくのを感じた。だが出てしまえば、今度は死ぬまでの旅だ。

「悪くねえ話だが、押し込みとなりゃ、命がけの仕事だ。もちっと、出せねえかい」

「五十両じゃ足りませんかな？」

男は、もう一度弥十の身体を、上から下まで見おろした。それからぱっと笑顔になった。

「よござんすよ。十両積みましょう」

「よし気に入った。乗ったぞ」

弥十は、久方ぶりに悪党じみた声になって言った。

男は門の方にではなく、細長いお堂の裏手に遠ざかって行った。どうみても商人としか見えないその後姿が逆光に浮かび上がるのを、弥十はしばらくぼんやりと見送ったが、ふとうろたえてあたりを見回した。おはるがいないのに気づいたのである。

弥十はあわてて門の方に歩き出した。妙な話に心を奪われていて、孫をすっかり忘れていたようである。弥十はきょろきょろとあたりに眼を配りながら足を早めた。胸の動悸《どうき》が少し高くなっていた。ふた月ほど前、隣の島田町で人攫《ひとさら》いがあったのを思い出したのである。

——がきめ！　心配させる。

門の近くまで来て、弥十はほっとして立ち止まり、肱《ひじ》をあげて額《ひたい》の汗をふいた。おはるは門脇の茶屋の職人が、団子を作っているのを、熱心にのぞきこんでいる。

弥十が呼ぶと、おはるは素直に駆け寄ってきて、腕にぶらさがった。

「おめえのおっかあは、団子買う金もくれねえのだからな。ケチな女だ」

おはるの手を引いて門を出ながら、弥十はぐちをこぼした。

六

「まだ、離れちゃ、だめ」

仙太郎が身動きすると、女は囁《ささや》いてきつくしがみついてきた。仕方なしに仙太郎はまた女の背に手を回したが、汗ばんだ裸の身体をくっつけ合っているのが気味悪いだけで、何の感興も残っていなかった。

女は、まだ陶然とした表情で眼をつぶっている。睫《まつげ》が長く、鼻の形もととのい、唇は少し大きめなところがむしろ男心をそそる。女は美貌だった。だが仙太郎はその美貌にもうあきあきしていた。仙太郎の眼は、どうしても意地悪く動いて、女の眼尻にある小皺や、首にきざみこまれた皺などを見てしまう。女は仙太郎の視線には気づかない。眼をつぶって、消え去ろうとする快楽の最後のゆらめきを追っていた。

――おりえとは雲泥の差だ。月とすっぽんだ。

仙太郎は、まだ二度しか寝ていない許嫁《いいなずけ》の輝くようだった裸身を思い出し、腕の中にどたりと横たわっている女に、心の中で呪詛《じゅそ》の言葉を投げつける。汗と入りまじった女の白粉《おしろい》の香が、軽い吐気を誘う。

それなのに、さっきはやはり寝る気になった自分が不可解だった。今日こそは婉《えん》曲《きょく》に別れ話を切り出してみようと、その心づもりで来たのである。だが、一度子供を生んだことがあるという、女の豊満な裸に誘われると、そのままずるずると寝てしまった。結局いつもと何の変りもなかったわけである。

女の重い身体に手を回しながら、仙太郎は後悔に打ちのめされている。それでも我慢して、じっと女を抱いて横たわっている。そうしていると、不幸そのものを抱きかかえているような気がした。この女と別れない限り、破滅は眼に見えている。

「いま、何刻《なんどき》かしら」

ふと夢から覚めたように、女が眼をひらいて言った。少し嗄《か》れた声だった。はじめの頃は、その声にも心を惹かれたのだ。だが、いまは嫌悪感しか感じない。

「そろそろ六ツ半（午後七時）近いだろう」

「おや、たいへん」

女は仙太郎を見てにっこり笑った。白眼が少し充血しているのは、快楽の名残りだった。女はいつも、途中から仙太郎を置き去りにして、一番深いところまで降りて行き、そこにわき出てくる快楽を、貪欲《どんよく》に残りなくむさぼる。うまい味つけの吸物を、最後の一滴まであまさず啜《すす》る美食家に似ていた。その晩餐《ばんさん》がいま終ったのだ。

仙太郎はほっとして、女の身体の下から手を抜いた。女は上体を起こし、小さくあくびをした。それから腰に浴衣をまきつけて立ちあがるのを、仙太郎は寝たまま下から見ている。女が快楽から覚めてしまえば、あとはいそぐことはないのだ。女の腕から逃れるのは容易だ。もっともそれは、いうまでもなく今夜だけの話だった。

女は立ちあがって壁ぎわまで行くと、そこでまた満足げに小さなあくびの声を洩《も》らした。部屋は幾分薄暗くなっていて、その中に女の白い背がぼんやり浮き上がっている。不意に女は腰から浴衣を落とすと、蹲《うずくま》って肌着を身につけはじめた。一瞬だったが、むき出しにされた女の裸身が、白い大きな魚のように見えた。女はいきいきと動きはじめていた。

「遅くなっちゃったなあ。また、おかよさんに叱られるかしら」

おかよというのは、女が勤めている料理茶屋の女中頭である。女はその店で仲居をしている。

そう言ったが、女は機嫌がよかった。まだ裸のまま横たわっている男の下半身を指さして、狎《な》れきった卑猥な冗談を口にしたりしながら、その間にも手を休めず身支度して、鏡の前に坐った。

仙太郎は起きあがって、着物を着た。女が間借りしているこの部屋は二階で、夏の間は暑苦しい。着物を着ると、一たんおさまった汗がまたじわりと肌を湿らせてくる気がした。

を押しつけるようにして化粧をなおしている。

「暗いだろ？　灯を入れてやろうか」

仙太郎は鏡にむかっている女に言った。女は小箪笥の上に立てかけた手鏡に、顔を押しつけるようにして化粧をなおしている。

「平気よ。いつもこのぐらいじゃ行燈《あんどん》を使ったことないもの」

女はどちらかというとつましい性格だった。待合茶屋などで会うことをさほど喜ばず、仙太郎を自分の部屋に連れて来たがった。その方が落ちつくというのだが、そんなところで金をつかうのは、もったいないとも言うのである。いまでは外で会うことはめったになく、仙太郎は真直ぐに中島町の女の部屋に来る。

仙太郎は立ち上がって、障子窓を開けた。するとと外から幾分涼しい風が入ってきた。日は沈んだばかりのようで、空は一面に木苺《きいちご》の実のように黄ばんでいる。だが町には、青みがかったたそがれ色が這《は》いはじめている。家混《やご》みの間に光っているのは、大川の水だった。

——とにかく、こういうことを繰り返してちゃ埒《らち》があかない。

仙太郎は窓の閾《しきい》に頬杖をついて、ぼんやりとそう思った。心の中に、またいつもの焦燥が戻ってきている。けりをつけなければならないことはわかっている。なにしろ秋には祝言があるのだ。親も先方も、仙太郎にこんな女がくっついているとは夢にも思っていない。もしもそのことがばれたらと考えると、仙太郎は背筋に悪寒《おかん》が走る。

　このへんで別れ話を切り出すべきだった。秋といえば、もう眼の前である。そう思いながら、まだ言い出せないのは、いまうしろで化粧をなおしている女がこわいからだった。

　女はおきぬという名前で、仙太郎より三つ年上である。門前仲町にある料理茶屋で知り合って深い仲になった。そういう仲になって、あらまし三年経っている。むろんはじめから、いまのように別れる気があったわけではなく、仙太郎も、一時はのぼせてこの女を女房にしてもいいと思ったぐらいである。

　だが少しのぼせがさめると、それが無理なことはすぐにわかってきた。仙太郎の家は、山本町で夜具を商っている老舗《しにせ》である。兵庫屋《ひょうご》というその店の、仙太郎は後とりだった。三つも年上で、夫婦別れをし、子供まで生んだことのある女を、口やかましい父親が、兵庫屋の嫁として迎えるはずがなかった。

　しかしそういうことでは、女の方が仙太郎より分別《ふんべつ》があった。女は最初から仙太郎と一緒になることを諦めていて、望みもしなかった。嫁をもらうのは仕方ないし、そうなっても、いままでどおり来てくれればそれでいい、と言った。

　仙太郎は、女の諦めのよさに安堵《あんど》し、そんなことでいいならお安いご用だ、とむしろ女に同情したほどである。その頃はまだ、見事な乳房と厚い腰を持つ女に未練が残っていた。むしろ寛大に思える女の注文が、いまのように自分を縛る重い鎖になるとは、思いもしなかったのである。

「それでも別れたいと言ったら、どうする?」

女と話しているとき、そう聞いたのは、確か一年ほど前である。ちょうどおりえとの縁談が持ちあがったころだった。仙太郎は冗談めかして聞いたのだが、その裏に女を測《はか》る気持が動いていたことも否《いな》めない。仙太郎はその頃、親につきそわれて会ったおりえに心を動かされていたし、ちょうどその分だけ、おきぬに倦《あ》いていた。

仙太郎がそう言うと、おきぬは仙太郎の顔をじっと見つめた。

「別れたいの?」

「そうじゃないさ。もしもの話だよ」

「あたしは別れないよ。別れるなんて言ったら、あんたを殺してやるから」

おきぬは無表情に言った。冷たい突き刺すような眼だった。そのとき仙太郎は、二年もの間、会えば肌を合わせてきながら、この女のことを何も知らなかったという気持に襲われたのだった。女が、それまで仙太郎から隠していたもうひとつの顔を、不意に取り出してみせたような驚きがあった。

驚きの中には、微かな恐れが含まれていた。別れ話を出したら、じっさい女に刺されかねないという気がした。その恐れは、おりえとの縁談がまとまり、一方で女から気持が離れていくにつれて、大きく膨《ふく》らんできている。

化粧を済ました女が、振りむいて言った。

「どうしたの？　ぼんやりして」

「いや、どうもしない」

「今度はいつきてくれる？」

女は新しい網を投げかけるように言った。

「さあ」

「あさって、きて」

「……………」

「どうしたの？　あさってじゃだめ？」

「いいよ」

仙太郎は、自分を網にかかった無力な魚のように感じる。それじゃ、先に出るからと言って、女が梯子を降りて行くのを見送ってから、仙太郎は障子を閉め、薄暗い部屋を出た。

二人は連れ立って外を歩くことはほとんどない。そういうことでは、女は物わかりがよかった。仙太郎をつかまえて離さないということをのぞけば、女は物わかりがいいのだ。従順ですらある。

仙太郎は、小路を抜けて一たん町の浜通りに出、それから大島町側の河岸に回って、八幡橋にむかった。仄《ほの》ぐらい河岸には、風が流れていて部屋の中にいたときより幾分涼しい。風には汐の香がまじっている。川波が舌打ちするような音を岸に立てているのを聞きながら、仙太郎は元気なく歩いた。

女と寝てしまった後悔が、また重苦しく胸を押さえつけてきた。こういうざまでは、あの執念深い女から逃げられるわけはないと思った。そうかといって行かなければ、女は店までやってくるかも知れない。そうなったときの家の中の混乱を思うと、仙太郎は鳥肌が立つ。どっちみち地獄だと仙太郎は思った。ずいぶん考えてみたが、その地獄からのがれるうまい手などはなかったのだ。

賭場へ行こうか、と半ば自棄《やけ》気味に思った。だがすぐに木場にあるその賭場に三十両の借りがあることを思い出した。その借りも頭痛の種になっている。はじめて行ったころ、賭場では若旦那、若旦那と下へもおかない扱いをしたのに、三十両の借りが出来ると、掌を返したように冷たくなった。この前行ったときは、払えなければお店にうかがいます、と脅されている。まだやって来ないが、放っておけば店に取り立てにくるだろう。

八方塞《ふさ》がりだ、と仙太郎は思った。首を垂れて歩いているので、前に人が立ち塞がったのに気づかなかった。

七

「おや」

ぶつかりそうになった相手は、仙太郎をみると馴れなれしく声をかけてきた。

「珍しいところで会いましたな」

そう言われても、仙太郎は相手の顔に覚えがなかった。愛想のいい笑顔と、商人ふうの身なりからみて、父親の知り合いかとも思えた。そういう人間で、こちらが知らなくとも、向うで顔を知っていることがある。

だが、それだとすると、こんな場所を歩いているのを見られたのは具合悪い。仙太郎はあいまいな笑いを返して脇をすり抜けようとした。ところが、相手は仙太郎の袖を摑んで引きとめると、一そう馴れなれしい口調で言った。

「これから、また蜆川ですか。あの店でちょいちょいお目にかかりますなあ」

「ああ、そうですか」

なんだ、あの店の常連かと思った。だが、仙太郎の記憶にはない男だった。仙太郎が知っているのは、いくら飲んでも青白い顔をしている浪人者と、仙太郎よりいくらか年上の、賭場の人間かと思うような若い男だけである。この二人は、いつも遅くまで飲んでいる。いや、もう一人いた。白髪の、身体が大きく年寄りらしくもない険しい眼をした爺さんがいる。爺さんは、大概足がもつれるほど飲んで、迎えにきた娘や息子に叱られながら帰って行くのだ。

「飲みたい気持もわかりますよ」

不意に男は砕けた口調に変った。

「さっきね。橋のむこうで……」

男は振りむいて八幡橋の方を指さし、ついでに小指を折って仙太郎の前にかざした。

「あんたのレコに会いました。惜しいことに年増だが、しかし別嬪《べっぴん》さんですな」

「………」

仙太郎は眼を瞠った。

「しかし大変でしょうなあ。ああいう人がいて、片一方には砂田屋のお嬢さんとの縁談がまとまっている。それで片方が身をひいてくれればなんちゅうことはないわけだが、そこはそれ、女というものはひと筋縄でいかんものですからなあ」

「………」

「あたしなんぞ、もてたいと思ってもあんた、この年になっちゃもうおしまいです。若い方はうらやましい。しかしあんたのような事情だと、もてるというのも辛いものでしょうな。それでよく蜆川に来られる。どうです？　あたりましたか」

「あなた、どなたですか」

仙太郎は青くなっていた。声が顫《ふる》えた。

「砂田屋さんにでも頼まれて、あたしを調べでもしたんですか。それとも……」

「いーえ、いえ。違いますよ」

男は大げさな身ぶりで手を振った。

「砂田屋さんはかかわりありません。それにあんたが心配するような、賭場の人間でもない。なんとなくあんたのことを耳にした、ただのお節介な男ですよ」

「……」

「なんちゅうのか、ま、飲み仲間として、見るに見かねてとでも言いますか。力はないが知恵なら少少持ち合わせがありますから、相談に乗って上げましょうと思いましてな」

「そういうことですか」

仙太郎はほっとして言った。

「それならお気遣い頂かなくとも結構です。自分のことですから、自分でなんとかします」

「なんとかなんか、なりませんよ、若旦那」

相手の口調が少し変った。愛想笑いを浮かべたままだが、押しつけがましく、しつこく聞こえた。無気味な気がして、仙太郎はあたりを見回したが、人通りはなく、片側は固く戸を閉めたしもた屋の並びで、河岸の道に立っているのは男と仙太郎だけだった。

「おきぬというそうだね。あの女は、あんたが別れたがっているのを、もう知っていますよ」

「……………」

「女の勘というものを、馬鹿にしちゃいけませんな。知ってはいるが、黙っているだけです。なぜ黙っているかわかりますか」

「さあ」

「さあなんて、のんきなことを言ってちゃいけませんな。女はね。黙っていれば、あんたの方からはなかなか言い出せないと、つまり高をくくっているんですよ。いよいよというときまで黙っている。そのいよいよのときも、自分の口からでなく、あんたの口から言わせようと思っているわけですよ」

仙太郎はぞっとした。だがあり得ることだと思った。それではのがれるすべはない。仙太郎は泣きたいような気持になった。

「どうしたらいいんですか」

思わず仙太郎は言った。男が何でも知っていることを不思議に思うより先に、男の言うことがあまりにつぼを押さえているので、いつの間にか話にひきこまれている。

「何かいい考えはありませんか。あったら教えてください」

「金ですな」

「金……」

「そう、金をやるしかありませんな。それも五両や十両の金だったら、あの女は投げ返しますよ。しかし、百両、耳をそろえて出したなら、別れるかも知れないね。あたしが女だったら、そうする」

「百両なんて」

仙太郎は悲鳴をあげるように言った。同時に、改めて眼の前の男が見ず知らずの他人だったことを思い出していた。男は、おきぬとぐるになって、金をゆすろうとしているのかも知れないという気がちらりとした。

「そんな金が、あたしに作れるわけはありませんよ。ご冗談おっしゃっちゃ困ります。そんな話でしたら、これで失礼します」

「ちょっと、仙太郎さん」

男は仙太郎の袖を摑んだ。ちゃんと名前も知っていた。

「思い違いしちゃ困りますな。あたしだって、それだけの大金を、あんたに作れるなどと思っちゃいません。兵庫屋の旦那は、ことに金銭に厳しい方だそうですからな。話は全然違います」

「……」

「はじめに言ったでしょ？　見るに見かねたってね。あんたが、どうしてもあのおきぬという女と別れたいと言うんなら、その金は、あたしがあんばいしてやっていいと、そういう話ですよ」

「あんばいするって？」

仙太郎は、警戒するように相手の顔を薄闇の中に探った。

「つまり、貸してくれるってことですか？」

「それも違いますな。百両上げましょうという話です。むろん、ただというわけにはいきませんよ。ちょっと仕事を手伝ってもらいますが、それは大したことじゃありません。力もいらないし、あんたや、あんたのお店に傷がつくというようなものでもない」

「何を手伝えばいいんです？　まるで夢のような話ですが」

「ま、それは蜆川へ行って、少し飲みながら話しませんか。喋《しゃべ》ったので、あたしも喉《のど》がかわきました」

男は無造作に先に立って歩き出した。曳《ひ》かれるように、仙太郎も後から歩いた。

「それが一番だと思いますよ。百両ぞろりと揃えて出されたら、大概の女はそれを取るはずです。失礼だが、男の代りはあっても、百両という金は、めったに手に入るものじゃありませんからな」

「………」

「百両は大金だが、あんたのように切羽《せっぱ》つまっているときなら安いというものです。女と手が切れ、晴れて砂田屋のお嬢さんを嫁に出来れば、あんた言うことなしじゃありませんか」

「………」

「そっくり出さなきゃいけませんよあんた、賭場に借金があるようですが、それを差っぴいて、残りを女になどとケチな了見を出したらだめです。百両そっくりならべて別れ話を切り出すんです。女と別れるときは、決してみみっちい考えをしちゃいけません」

酒亭おかめ

一

「……？」

南町奉行所勤めの定町廻り同心新関多仲《にいぜきたちゅう》は、いますれ違った男を、振りむいて見送った。商人ふうの身なりをした、小肥りの男である。男は、新関に見られているとは気づかない様子で、いそぐ足どりでもなく福島橋を渡って、馬道《うまみち》通りの方に遠ざかって行く。

通りは通行人が多く、男の後姿は、橋を渡ると間もなく人に紛《まぎ》れて見えなくなった。新関は、男の姿が見えなくなるまで見送ったが、小者《こもの》の良太に、先に帰っていいと言うと、いまきた道を、一人でまた自身番の方に戻った。

——これで三度目だな。

と思った。男の名は伊兵衛。住んでいる場所も寺裏の冬木町とわかっている。わかってはいるが、目を離してはならない男だった。伊兵衛は、冬木町の中の、百姓家のように木槿《むくげ》の生垣で囲んだ一軒に、四十半ばの女房と二人だけで住んでいる。

それとなく、そのあたりまで足をのばして見回っていると、買い物に出た伊兵衛の女房と顔をあわせることがあった。頬のあたりがふっくらとして、もの静かに見える女である。だが、ここ一年ほどの間に、伊兵衛の姿を見かけたことはない。岡っ引の芝蔵に聞くと、伊兵衛は月に一度か二度、門前仲町に飲みに行くことはあるが、あとは生垣の中の家に、女房と二人でひっそり閉じこもっているという返事だった。

しかし新関は、ここ十日ほどの間に、町の中で急に三度も伊兵衛を見かけたことになる。一度は富ヶ岡八幡の塀ぎわで、次は馬道通りの黒江町のあたりで、そして今日は、この富吉町の表通りを歩いていた。勘にすぎないが、男が何かをたくらんで、あちこちと町に出没しているという気がしないでもない。伊兵衛には、そう警戒されるだけの前歴がある。

ここ十日ほどは、一滴の雨も降らず、家の中にいるのもいやになるほど暑い日が続いているが、伊兵衛が、そのために町に出ているとは考えられなかった。外に出れば出たで暑いことに変りはないのだ。しかし伊兵衛の町歩きについて、芝蔵からは何の通知も入っていない。あるいは思い過ごしかも知れないと思ったが、用心するに越したことはないのだ。

「おや、新関さま。なにかお忘れ物で？」

さっき出て行ったばかりの新関が戻ってきたので、詰の番の家主はびっくりした顔で迎えた。町内で米屋をしている三笠屋善六という男である。

「いや、ちょっと用を思いついた」

新関は奥に通ると、そのまま畳に上がって刀をはずした。富吉町の自身番は、間口は一間しかなく、奥に四間と二尺あるうなぎの寝床である。

善六は、町雇いの五平という番人に命じて茶を出させた。書役《かきやく》の佐兵衛は用足しにでも出たのか姿が見えなかった。

「五平を使いにやってくれないか」

「はい、どちらに？」

「芝蔵を呼んでもらいたい」

「承知しました」

と言ったが、善六は気がかりそうな顔をした。

「なにか、面倒なことでも？」

「いや、そうじゃねえが、ちょっと聞きたいことが出来た」

善六に言いつけられて、五平が出て行くのを見送ると、新関は畳の上に仰向けに寝ころんだ。定回りは疲れる役目である。町から町へ、せっせと自身番を回り歩いて、変事のあるなしを確かめるのが仕事だが、その間に通過する町町のたたずまい、風俗にも眼を配る。造作を変えた家、かけかえた小橋なども残らず記憶におさめる。

　そうしておかないと、どこの町に何が起きたというとっさの場合、人をさし向けるにも困るからだが、新関たちの支配与力作田忠兵衛などは、深川の町町のことなら、袋小路の奥にある野仏の位置まで諳《そら》んじているという噂があった。

　作田ほどでなくても自分の回り先は、いつでも眼に浮かぶまでに把握しておかなければならない。歩くだけでなく、その間気も休まらない仕事だった。

　新関は三十四になる。定町廻りに入って十年、仕事は手馴れているが、三十過ぎた頃から疲れがひどくなった。自身番回りも、一日のおしまいの方になると、長長と茶を飲んだり、近頃のように暑い日は、畳にあがって僅かな間だが、手足をのばしてひっくり返ったりする。そうしないと勤まらない。

　だが、いま新関が畳にひっくり返っているのは、疲れを癒《いや》すためではなく、芝蔵がくるまでに、一人で伊兵衛のことを考えてみたかったのである。起き上がっていれば、善六が話しかけてくるだろう。善六はお喋りな男である。

　伊兵衛は十三年ほど前、路上の喧嘩で人を殺して三宅《みやけ》島に流され、大赦があって五年前に江戸に帰ってきた男である。人を殺したのであるから、本来なら下手人として処刑されるはずだったが、喧嘩をしかけたのも、はじめに匕首《あいくち》で斬りかかったのも米吉《よねきち》という殺された相手の方だったという大勢の証言があった。そのうえ、調べてみると米吉はむささびの米と二つ名のある盗っ人《ぬすと》だとわかったので、伊兵衛は減刑されて島送りになったのである。伊兵衛はそのころ金貸しをしていた。

伊兵衛が帰ってきてから三年目に、新関の回り先に入っている堀川町で押し込みがあり、五百両という大金が奪われた。奪われたのは、岡本屋という材木屋で、店の者は押し込みの人数は四人だったと証言したが、新関らの必死の探索にもかかわらず、犯人は一人も捕まらなかった。

新関が、十数年前にさかのぼって、奉行所の古い記録を調べたのは、この事件が結局一人も犯人をあげることが出来ずに終ったあとだった。岡本屋の押し込みには、きわ立ったひとつの特徴があった。多人数による押し込みの強盗は夜分という、これまでの定石を破って、盗っ人たちが日暮れに押し入っている点である。古い記録を調べる気になったのは、見習い勤めの時代に、そういう例を記録で読んだ記憶があったからだった。

調べてみると、記憶どおりに、そういう例が三回あった。十六年前の夏と、十四年前の秋、十三年前の秋である。そしてほかにも今度の岡本屋の押し込みに共通する点が見つかった。押し入った先が、あまり大きくない中どころの商家であること。

店の者を縛りあげ、金を奪うだけで、乱暴したり、傷つけたりはしていない。押し込みの人数は、四、五人などである。そして最大の共通点は、今度の岡本屋の場合を含めて、犯人が一人も捕まっていないことだった。

新関が、伊兵衛という男に眼を向けるようになったのは、やはりこの古い記録を読み直した後だった。押し込みの記録の中に、伊兵衛の存在を匂わせるような記述があったわけではない。そういうことは一行も書かれていなかった。伊兵衛のことで、奉行所の記録に残っているのは、路上で喧嘩して人を刺殺《しさつ》し、殺されたのが二つの名を持つ盗っ人だったため、下手人を免れて遠島になったということだけだった。伊兵衛が、盗っ人と接触したのは、この偶発的な喧嘩のときだけである。

だが、新関の関心を伊兵衛に向けたのは、じつは記録の上の或る空白の部分だったのである。

新関は二日間、町回りを休み、奉行所に閉じこもって記録を読んだ。その結果、十三年前の押し込みと今度の岡本屋の押し込みの間の十一年間に、類似の事件は一件もないことに気づいたのであった。むろんその間に、押し込みは何件かあり、追い落とし、人殺しと血なまぐさい事件は山ほど起きている。だが新関の心をとらえた、ひとつの特色を持った押し込みは、十三年前の秋を最後に、ぷっつりと跡を絶ち、今度の岡本屋の事件が起きるまで、ただの一度も記録に現われていなかった。

この発見に、新関は胸が騒ぐのを感じた。記録を、丹念にもう一度読み返してみたが、間違いはなかった。

その十一年の空白というのは、伊兵衛が三宅島にいた八年と、帰ってきてからの三年ではないのか、という気がした。日暮れに商家を襲う奇妙な押し込みに、伊兵衛という男が一枚嚙《か》んではいないか。

新関はそう思ったが、それはあくまで推定に過ぎなかった。証拠はなにもない。伊兵衛が盗っ人と接触したというのは、ただ一度米吉殺しがあるだけである。それだけで、伊兵衛を押し込みに繫《つな》げるのは無理な話だった。だが、ある一人の殺人者が江戸にいなかった期間をのぞいて、前後にきわめて手口が似た犯罪が起こっている事実は、無視出来ないという気がした。

盗っ人米吉との喧嘩が、偶発的なものでなく何かの理由があったとすれば、話は別になる。新関は、考えをそこまで進めたが、それを証拠立てるものは何ひとつ残されていない。

だから新関は、自分の推測を、まだ誰にも話していなかった。支配役の作田にも話していない。ただひそかに伊兵衛の身辺に警戒の眼を配ってきただけである。そして二年近くたっている。

——なにをして喰っているのか。

と新関は思う。島から帰った伊兵衛は、前のように金貸しをやっているようでもなかった。ひっそりと冬木町の家に閉じこもっている。そのあたりにも、新関の疑惑が動く。

伊兵衛に対する疑いは、いまのところそれだけのものだが、新関にはひとつの確信がある。伊兵衛が、もし前の押し込みにかかわり合っているとすれば、いずれまた必ず同じことをやるだろうということだった。あの奇妙な押し込みで、これまでただの一人も犯人らしいものが捕まっていないからである。近頃の伊兵衛のひんぱんな外歩きは、その徴候なのか。

「旦那、お呼びだそうで」

芝蔵の声がした。芝蔵は痩《や》せた四十男である。一色町に住んで、小さなうどん屋を開いている。瞬《まば》きの少ないぎょろりとした眼をし、無口で、およそ商売向きの人間ではないが、店は女房と十七、八になる娘が切り回していて、芝蔵はたまに手伝うぐらいである。新関は町回りの途中、芝蔵の店に寄って、かけそばなどを啜《すす》りこむことがあった。

「お、来たか」

新関は起き上がると、冷えたお茶をがぶりと飲みこんで、刀を差すとそのまま土間に降りた。家主の善六が、怪訝《けげん》な顔をした。

「もう、お帰りですか」

「や、世話になった」

新関は、芝蔵を促してそそくさと自身番を出た。芝蔵は黙ってついてくる。

「歩きながら話そう」

道に出ると、新関は芝蔵を振りむいてそう言った。すると芝蔵が前に出てきて、新関と並んだ。

「じつはさっき、伊の字に会った」

「…………」

「相川町の方から来たらしくて、橋を渡って馬道の方に行ったぜ。奴に会うのはこれで三度目だが、近頃よく出る様子かい？」

「蜆《しじみ》川のそばに、おかめという飲み屋がありましてね。そこに出かけてるようです」

「おかめ？」

「べつに変った店じゃありませんな。愛想のない親爺が……」

芝蔵は自分のことを棚に上げて言った。

「女一人を使ってやっている小さな店ですよ」

「奴の家の方はどうだい？　変ったことはねえかい？」

「相変らずです。人も来ませんし、ひっそりしたもんでさ」

「ふーむ」

「何かありそうですかい？」

「いや、まだなんとも言えねえが、用心した方がよさそうだ」

「へい」

「芝蔵、こうしてくれ」

新関は、今度伊兵衛が家を出るのを見たら、後をつけてみろと言った。

「おかめで誰かに会いはしねえか、それも一ぺん確かめてみた方がよさそうだな」

そうします、と芝蔵は言った。富吉町の表通りに出たところで、新関は芝蔵と別れた。別れしなに、これからの足代だと言って二分渡すと、芝蔵は遠慮せずに受け取った。

永代橋の方にむかいながら、新関は急に今日の疲れが、一度に出てくるのを感じた。西空に傾いた日が、真向かいから新関の額に照りつけてくる。だが、その日射しが少し白過ぎるように感じて、新関は空を見上げた。空は晴れていたが、青さが薄れ、全体に白っぽい色になっている。空のどこかに厚い雲があるらしく、微《かす》かな遠雷の音がした。天気が変るらしかった。

——少しは、降ってもいい頃だ。

と新関は思った。

二

入ると、店はひっそりしていた。客はいつもの青白い顔をした浪人一人で、もう一人坐っていると思ったら、それは店の親爺だった。親爺は所在なげに鼻の穴をほじくっていたが、佐之助をみるとあわてて立ち上がって板場に入った。

いつもの場所に坐りながら、佐之助は声をかけた。

「親爺、手を洗ってくれよな」

「へ？」

親爺は板場から首を突き出したが、珍しくにやりと笑った。

佐之助は店を見回した。気の毒なほどがらんとしている。時刻はいつもよりだいぶ早いつもりだから、今日ははじめから客がなかったのかも知れなかった。

「今夜は、ばかに空いているじゃねえか」

酒を持ってきた親爺にそう言った。さっき声をかけたことで気持がほぐれて、佐之助はそう言ったのだが、親爺はへい、と言っただけだった。いつもの武骨な手つきで銚子とつまみを置き、箸を置いた。

「今日はあんまりいい魚が入らなくて、ひらめの塩焼きですが……」

「いいよ」

と言って佐之助は銚子を持った。

「あのひとはどうしたね？　近ごろさっぱり見えないが、やめたのかね」

「……」

「女中さんだよ。体格のいい」

親爺は板場の前で振りむいた。

「やめたわけじゃないんですが、子供が生まれるもんで」

「へえ？　子供……」

佐之助は驚いて盃から顔をあげた。

「誰の子だい？」

「誰って、あたしの子ですよ。あれはあたしの女房ですから」

潜《くぐ》りから板場に入る親爺の背中を、佐之助は呆然と眺めた。

親爺はどうみても五十前後といった年恰好である。そして確かおすえという名の体格のいい女中を、年は喰っているがまだ三十前だろうと、佐之助は見ていたのである。その二人が夫婦とは考えもしなかったことだった。

手酌で盃をあけながら、佐之助は腹の中に笑いが動くのを感じた。男女のことはわからないと思っていた。

親爺は遠慮した口ぶりだったが、ひらめの塩焼きはうまかった。べつに押し込みみたいな危いことをしなくとも、こうして酒を飲める、と思った。この前、飯台の向う側に坐って、しつこく押し込みをすすめた男を思い出したのである。

男とは、そのあと二度ほどこの店で顔を合わせている。だが男は遠くからにこにこ笑いかけただけで、近寄っては来なかった。諦めたのかも知れないな、と佐之助は思った。押し込みをやることはない。そろそろ金がなくなってきたが、なくなったときはまた、奥村を訪ねればいいのだ。奥村はいつでも仕事を用意して待っている。

それにしても、今夜は淋しい晩だな。あの二人はどうした？　と佐之助は思った。いつもなら肥って肌がすべすべしている若い男と、白髪の爺さんが飲んでいる時刻である。爺さんが飲むのを、家の者は喜んでいないように見えるが、可哀そうに、飲みたいものを止めることはないではないか、と佐之助は爺さんに同情する。そう思うのは、酔ってきた証拠かも知れなかった。

「亭主、勘定をたのむ」

不意に浪人が言った。痩せた身体に似合わない、ひびきのいい太い声だった。

――珍しいな。

と佐之助は思った。浪人は大概店が閉まるまでいて、親爺に促《うなが》されてから、未練そうに立ち上がるのである。佐之助は金を払っている浪人の横顔を眺めた。

するとその視線を感じとったように、浪人が佐之助を振りむいた。佐之助は眼をはずして酒をついだ。盃をふくんで、魚をむしり、顔をあげると浪人が、まだこちらを見ている。それだけでなく、佐之助が顔をあげるのを待っていたように、近寄ってきた。上体が少し揺れている。

「ちと、ものをたずねたいが……」

佐之助は坐ったまま浪人を見上げた。佐之助が坐っている飯台《はんだい》に、かぶさるように手をついた浪人の身体から、甘ずっぱい酒の香が寄せてくる。

「癆咳《ろうがい》というものは、なおらんものかな？」

「癆咳？」

この浪人が癆咳か、と思って佐之助は眼を瞠《みは》った。

「いや、身どもの家内が癆咳での。夜も昼も苦しむ。なにか、良い薬でもご存じないかと思っての」

「ご新造さんが、病気で？　そいつは気の毒ですなあ」

と佐之助は言った。しかし薬と言われても当惑するばかりだった。佐之助は子供の頃に母親に死なれ、十五のときに父親に死なれているが、父親は俄か中気で、薬を飲むひまもなく、あっけなく死んだ。

「高麗人参《こうらい》がいいなんてことも聞きやすが、あいつは高いもんでしょうしなあ」

「ことに夜は、いたく苦しんでの。見ておれんのじゃ。しかしこれから帰って、看病せねばならん。失礼するぞ」

浪人は、不意に姿勢を立てなおすと、ゆらゆらと戸口の方に歩いて行った。すぐに闇が浪人を呑みこんだ。

——あのざまで、看病出来るのかね。

佐之助は傷《いた》ましい思いで浪人の後姿を見送った。浪人は、べつに薬のことを聞きたかったわけではなく、女房が病気で、もう助からないということを、ひと言誰かに話したかったのかも知れないという気がした。その気持は、ぼんやりとだが、佐之助にもわかった。

浪人と言葉をかわしたのは初めてだった。だが、浪人がいつもの常連と思って話しかけて来たのか、それともそこにたまたま佐之助が坐っていたから声をかけたのかはわからない。

「俺も引きあげるぜ。いくらになるね」

佐之助はなんとなく弾まない気持でそういうと、立ち上がった。

ぽつぽつと雨が降り出したのは、表の馬道通りに出てからだった。

——降ってきたぜ。

佐之助は足を早めた。だが雨は、それから幾らも歩かないうちに、すさまじい雨音をともなった土砂降りになった。同時に、稲妻が走って頭上に雷が鳴った。馬道通りの左右は、まだ開いている店が多く、佐之助が通りに出たときは、町はきらびやかな軒行燈《あんどん》にいろどられていたのだが、突然の雷雨に驚いたらしく、あちらでもこちらでも、はたはたと雨戸を閉める音が起こった。その軒下に、道を歩いていた人たちが、あわてて駆けこんだ。町は急に暗くなった。

佐之助も、手近な店の軒下に飛びこんだが、雨はますます勢いを増すばかりだった。横なぐりの風まで加わって、雨は暗い路上に、波のようなしぶきを立てる。せっかく雨宿りしたのに、佐之助は腰から下がびしょ濡れになった。

その間にもつづけざまに稲妻が光って、町を青白く浮かび上がらせ、腹にひびくような雷の音がとどろく。そのたびに派手な悲鳴が聞こえるのは、どこかの軒に、若い女連れが雨宿りしているらしかった。濡れて、佐之助は寒くなってきた。

——これじゃ、埒《らち》があかねえぜ。

手をやってみると、膝から下はしぼるほど濡れている。これでは濡れて歩くのと同じだと思った。思い切って佐之助は雨の中に出た。同じようなことを考える人間がいるものとみえて、闇の中で、佐之助は突然飛び出してきた人間と危うくぶつかりそうになった。

小走りに町の中を走った。その間に、むろん頭の上からびっしょり濡れたが、止むあてもなくふるえながら雨宿りしているよりは、家に戻って早く着換えた方がいいと思った。じっさい空気は急に冷えて、腹の方からふるえがのぼってくるようだった。

空を斬り裂いて稲妻が走り、そのたびに町は昼のように明るくなる。夜道にまごつくこともなく、佐之助は走りつづけた。

女に気づいたのは、黒江町に入って、表通りから裏店《うらだな》に通じる小路に走りこんだときだった。女は雨に打たれながら、傘もささずにのろのろと歩いていた。女の姿は一たん闇に消えたが、次につづけざまに稲妻が光ったとき、女の顔が見えた。

「おくみさんじゃねえか。どうしたい？」

佐之助は思わず女の手を摑《つか》んで、怒鳴るように言った。雨の音が大きくて、そのぐらいの声を出さないと、相手に聞こえないようだった。女は、いつもはす向かいの源助の家にきて泣き声を立てている、源助のもとの女房だった。女は佐之助に無気力に手をゆだねたまま黙って立っている。冷たい、小さな手だった。

「これじゃどうしようもねえぜ。家へ来な。傘貸してやる」

佐之助はまた怒鳴った。女は佐之助に手をひかれたまま、黙ってついてくる。稲妻が光ったとき見ると、女は考えていたよりも小柄で、ひどく頼りなげに見えた。

——とんだ道行だ。

佐之助は思わず舌打ちした。厄介なものを背負いこんだ予感が、胸をかすめたのである。

家へ入ると、佐之助は自分は上がり框《かまち》に着物をぬぎ捨て、ふんどしひとつになって畳に上がると、行燈に灯を入れた。それから大いそぎで女のために着物を探した。幸いに、ふだんあけることもない箪笥の奥から、きえが残して行った浴衣《ゆかた》が出てきた。

「こっちへ上がって着換えなせえ。遠慮することはありませんぜ。あ、それからな。着換える前に手拭いでごしごしと身体を拭かなきゃだめですぜ。髪もな。手拭いは窓のところへつるさがってまさ」

自分も手早く浴衣をひっかけながら、濡れそぼって、亡霊のように土間に突っ立っている女に言った。思わず子供の世話をやくような口調になったのは、さっき雨の中を歩いていた女を見たせいかも知れなかった。思い出しても哀れだった。そういえば佐之助は、源助の家の前で訴える女の声を、いつも哀れに聞いていたのだ。

女が素直に茶の間に入って行くのを見送ると、佐之助はほっとして竈《かまど》に火を焚きつけた。勢いよく燃え出した火に、腹を突き出してあたたまると、漸《ようや》く人心地が戻ってきた。

「着換えたらこっちに来なせえ。あったかい火ですぜ」

佐之助が言うと、女が台所の口に姿を現わした。佐之助はどきりとした。火明りに浮かんだ姿が、一瞬きえのように思えたのである。

「済みませんでした。ご迷惑をかけます」

佐之助のそばに蹲《うずくま》ると、女は小さい声で礼を言った。

「いいんだよ、そんなことは。ともかくあったまるといいぜ」

女は素直に佐之助のそばに蹲って、火に手をかざした。小さな、指のよくしなう手だった。外はまだ休みなく風雨の音が続いている。

――いいかみさんじゃねえか。

と佐之助は思い、野郎、気取りやがって、と源助の陰気な顔を思いうかべながら心の中で毒づいた。

「こんな雨のなかをやってきたというのによ」

と佐之助は言った。

「あんたのご亭主は、やっぱり家の中に入れてはくれなかったのかい?」

「……」

「少し偏屈が過ぎやしねえかい。他人さまのことだから、見て見ぬふりをしているつもりだけどよ」

「いなかったんですよ」

女が火を見つめたまま、ぽつりと言った。呟《つぶや》くような声だった。聞きとれなくて、佐之助は女の方に耳を傾けた。

「いなかったんですよ。あのひと、どっかに引っ越しちゃったんです」

「え？　そいつは気づかなかったな」

「……」

「ひでえ話だ。あんたに断わりもなしに、とんずらかいたか」

「断わるなんて……」

女は肩をすくめた。

「あのひと、あたしが来るのを、ほんとにいやがっていましたから」

「へえ。そこまでわかっていても、あんたの方じゃ諦めきれなかったわけだ」

「……」

「夫婦てえものは、因果なもんだな」

「違うんです」

女が、またぽつりと言った。

「何が違うんだね」

「あたしは浮気なんか、しなかったから。くやしくて」

「ふーん」

佐之助は女の顔をみた。火の色のせいか、女の顔が、いやに赤らんで見えた。うっとりと眼を細めて、女の顔はどことなく稚《おさな》く見える。

「はっきりしてもらって、別れるつもりでした」

「そうかい」

佐之助は、竈《かまど》に薪《まき》を投げこんだ。

「なるほどあんたの気持もわかるよ」

「………」

「けどな。そういうことは、親兄弟に話して、きちんと話をつけてもらう方がいいんだぜ」

「あたし、親も兄弟もいないんです」

「ほう」

そのまま二人は黙って火を見つめた。火は勢いよく燃えている。まだ雨の音が続いているが、雷はいくらか遠のいたようだった。

「しかしさっきは驚いたな」

「………」

「あんた、いま何をやって喰ってるんだい」

「仲町の、小料理屋で働いていています」

「ああ、仲町で」

佐之助は、体格のいいおかめの女中を思い出していた。あの大年増が、愛想のない親爺の女房だという話は、まだ信じかねる気持がある。それはそれとして、女はあの女中のように、酒や肴《さかな》を運んだり、たまにちょっと腰をおろして、客に酌をしたりして働いているわけだ、と思った。

「だいぶ、顔色がよくなったぜ」

女は夢からさめたように、佐之助を見た。それからはにかむように笑って、両手で頬をはさんだ。

「あたし、そろそろ帰らなきゃ」

「まあ、もう少しいいじゃないか」

佐之助はなんとなく名残り惜しい気持で、そう言った。二人でぽつんと火の前に蹲っていると、ひさしく忘れていた安らいだ気分が、身体を包んでくるようだった。そばに女がいるということはいいものだ。そのうえその安らぎの中には、子供のころ、遊び友達の女の子と二人っきりで、秘密めかした遊びに耽《ふけ》ったときのような、微かなときめきも含まれている。

それに、源助が引っ越したのなら、もうこの女と会うこともなくなるだろう。

「腹は空いていないかね」

「……」

「茶漬けぐらいなら、あるぜ」

女は首を振った。ぼんやりと火を見つめている。ああ言ってはいるが、源助が姿を隠して、女はやはり落胆しているのかも知れないと佐之助は思った。夫婦のことは、他人にはわからない。

不意に、女が立ち上がった。気がつくと雨の音がやんでいる。

「あたし、帰ります」

「そうかい」

佐之助も立ち上がった。女はまぶしそうに、佐之助のひろげた胸から眼をそらした。佐之助はあわてて襟《えり》をかき合わせた。

「浴衣は着て行っていいぜ。どうせ使わないものだ」

「済みません」

女は頭をさげた。それから、お水を頂いていいかと言った。女は柄杓《ひしゃく》で二杯も、うまそうに水を飲んだ。

「こっちへ来たら、寄ってくんな」

女が土間に降りたとき、佐之助は不意に女の両肩をうしろから摑んで言った。女はうなだれたまま、ええと言った。女の身体が固くなったのがわかった。

佐之助が手を離すと、女はむき直ってまた小さな声で礼を言った。戸を開けてから、女はなぜかためらうように外の闇を見つめた。それから振りむくと、呟くように言った。

「済みません。さっきは寒かったのに、今度は暑くて……」

「どうしたね。気分でも悪いか」

佐之助が土間に片脚をおろしたとき、女は入口の柱に縋《すが》ったまま、ずるずると土間に崩れ落ちた。抱き起こして、額に手をあててみると、火のように熱かった。

三

佐之助は、一たん高橋《たかばし》まで出てから、小名木《おなぎ》川の岸を東にむかった。奥村のところに行くには、ほかに近道もあるが、佐之助はいつもこの道を通る。

時刻は六ツ（午後六時）を過ぎているが、小名木川の水面は、まぶしく日に光っている。しかし岸から水面に傾いてのびている芒《すすき》の穂が風にそよぎ、日射しはそんなに暑くはない。この間雷雨があってから、季節は幾分秋めいてきたようだった。

佐之助は、今朝あったことを思い出していた。暁のぼんやりした光の中に浮かんだ、女の白い胸が、心をしめつけてくる。妙な成行きになったぜ、と笑い捨てる気にはなれなかった。顫《ふる》えながら身体をゆだねた女に、哀れみが募《つの》る。

土間で倒れたおくみは、その夜から譫言《うわごと》をいうような高い熱を出した。その晩は、夜っぴて水で額を冷やし、翌朝、佐之助は医者を呼んだ。診立《みた》ては風邪だったが、医者は楽観していないようだった。眉をひそめて、非難するように佐之助を見た。

「少しこじれているな。なぜもっと早く呼ばなかったかな」

「……」

「薬を飲めば、熱は一日、二日でさがるかも知れんが、そのあとしばらくは動かしてはならん。この家は、あんた一人か」

医者は危ぶむように言った。すぐ薬を調合するという医者について行って、薬をもらうと、高い金を取られた。

薬を飲ませるときだけ、おくみは目ざめたが、飲み終ると、またこんこんと眠った。荒い息を吐いて眠りつづけるおくみを見ていると、病気だけでない深い疲労が、その小柄な身体を蝕《むしば》んでいるようにも思えた。厄介なことになったと思ったが、一方で佐之助はそういう女を憐れんでもいた。頼る者もいない一人の女が、こうして他人の家で寝ていると思った。

おくみに意識が戻ったのは、ちょうど一昼夜が過ぎた夜中だった。看病に疲れて、佐之助はおくみを寝かせた寝床の脇にごろ寝をしていたのだが、袖を引かれて眼ざめると、おくみがこちらを見ていたのである。

「いけねえ。薬を飲ませなきゃな」

薬を分け、水を用意する佐之助を、おくみはもの問いたげに見つめている。まだ顔が赤く、荒い呼吸をしている。

「心配することはねえぜ。あんたは病気だが、医者を呼んで薬をもらった」

「……」

「なに、少しじっとして寝てりゃ、すぐよくなるさ。無理させるなと医者が言ったぜ。知ってるとおり、ほかに人はいない家だ。遠慮しねえで寝てたらいいぜ。熱がおりたら、粥《かゆ》ぐらい作ってやら」

佐之助は薬を飲ませた。薬を飲み終ると、済みません、と呟いておくみは眼をつぶった。その眼尻から、不意に涙が滴《したた》り落ちるのを、佐之助は見た。

医者の診立ては正しく、おくみの熱はなかなかとれなかった。高い熱は丸二日ほどでひいたが、今日は気分がいいから、と一刻ほど床の上に起きていると、そのあと必ず熱が出た。粥しか欲しがらず、おくみは痩せた。眼が大きくなり、どちらかといえば可愛い顔立ちが、凄艶《せいえん》な感じになった。

おくみの熱がすっかりおさまったのは、昨日になってからである。その前夜も熱がなく昨日は朝から寝たり起きたりしていたが、夜に入っても熱は出なかった。熱がさがったから出て行くとは、おくみは言わなかった。佐之助も黙っていたが、おくみがそう言ったら、もう三、四日は引きとめるつもりでいた。淡い気持の動きだったが、おくみに惹《ひ》かれていた。十日近く病気を看取《みと》って、心配したり喜んだりしている間に、情が移ったようだった。

今朝、佐之助は薄暗いうちに眼ざめた。それが、隣の茶の間から聞こえてくる、きれぎれなすすり泣きの声のせいだと気づくまで、しばらく間があった。

起きあがると、佐之助はいそいで間の襖を開けた。すると泣き声がやんだ。

「どうしたい？　また、ぐあい悪いかね」

膝《ひざ》をついて、佐之助が顔をのぞきこむと、おくみは黙って首を振った。仄暗い明け方の光の中に、虚ろにみひらかれたおくみの眼が見えた。佐之助は、手をのばしておくみの額に触ってみた。熱はなく、額はむしろ冷たかった。

「ぐあい悪いわけじゃなさそうだな」

佐之助は、注意深くおくみを見まもりながら言った。

「なんで泣いたりしてるんだね。わけがあるなら話すといいぜ」

「……………」

「そうか」

佐之助は微笑した。不意に女が泣いていた気持がわかり、わかったことに佐之助は満足した。

「心細いんだな。そうだろう?」

「……」

「あんな偏屈なご亭主でも、ここにいる間はあんたのご亭主に違いなかったもんな。あんたは、ひとりぼっちになるのがこわくて、ああして通ってきてたんだ。そうだな?」

「……」

「だが、今度はひとりぼっちになった。そう思ってるんじゃないのかね」

おくみが身じろいで、佐之助に顔を向けた。おくみは顔が小さくなり、眼ばかり大きく見えた。ぼんやりした光の中に浮かび上がったおくみの顔には、捨てられた小犬のような、途方に暮れた表情がある。佐之助は激しく胸をゆさぶられていた。

「心配することはねえぜ、おくみさん」

佐之助は女の手を探った。

「およばずながら力になろうじゃないか。俺でよかったらよ。なに、あんたさえよかったら、このままずっとこの家にいてくれてもいいんだ」

「そんなことは出来ません。お世話になった上に、そんな……」

おくみは、佐之助の手をそっとはずし、呟くように言うと、不意に顔を手で覆い、佐之助に背を向けた。

「無理にそうしろとは言ってないさ。俺は、この裏店で、自分がどんなふうに言われているか知ってるからな。何をして喰ってるか、わからない男だと言っている。あんたも知ってることだ」

「……」

「だから出て行くというのを、とめたりはしない。好きなようにすればいいのさ。だが、このままいたかったら、あんた一人ぐらいは喰わしてやるぜ」

佐之助は、背を向けているおくみの、痩せた肩を掴み、首筋に顔を寄せると囁いた。

「そうしないか、おくみさん」

「いや」

不意におくみは弾かれたように起き上がった。そしてよろめきながら夜具を降りると、窓の下に行って蹲った。

「そうか。あんた俺が嫌いか」

と佐之助は言った。すると背を向けたままおくみが激しく首を振った。佐之助は立ち上がって行くと、自分もおくみの後にしゃがんだ。

「俺は、いてもらいたいんだよ、おくみさん。あんたが病気の間、俺はあんたのことだけ考えていた。だが、今日あんたがこの家を出て行けば、もうお互いに赤の他人だ。二度と会うこともなかろうさ。だが、俺はそうはなりたくない気がしてきた」

「……」

「あんたは、なんともないかね」

おくみが首を回し、それから身体を回して、正面から佐之助を見つめた。仄暗い光の中で、二人はしばらく黙ってお互いを見つめ合った。低い声で佐之助が言った。

「多分あんたを好きになったのだ、おくみさん。こいつはいけないことかね」

「抱いて」

不意に手をさしのべておくみが言った。

「しっかり、抱いてください」

佐之助が抱くと、おくみは佐之助の胸や頸に顔をこすりつけた。おくみは顫えつづけていた。佐之助はおくみを抱き上げて、ゆっくり床まで運んだ。意外に持ち重りのする身体だった。

——あれでいいのだ。

小名木川の岸を歩きながら、佐之助はそう思った。おくみという女とそうなったことを後悔していなかった。そう言えば、はじめから気がかりな女だったのだ、という気もしてくる。それにしても金がいる。佐之助は少し足を早めた。おくみの薬代にかかって、金がすっかり心細くなっている。あの医者は、藪ではなかったが、ずいぶん高い金をふんだくった。

佐之助は新高橋を渡り、さらに行徳《ぎようとく》街道の猿江橋を渡った。川舟御番所を横目に見て、佐之助は道を横川沿いに曲る。そして武家屋敷と東町の町並みの間を、さらに東に折れた。すると道はやがて重願寺、妙寿寺と並ぶ通りになる。佐之助は妙寿寺の高い塀をぐるりと曲って、土井大炊頭《おおいのかみ》下屋敷に突きあたる小路を、逆に奥に入った。

奥の突きあたりに空地があり、木立の中に猿江稲荷《いなり》の祠《ほこら》がある。左手が猿江町裏で、奥村の家は町に十足ほど踏みこんだ小路の中にある。街道の五本松の方からも入れる場所だが、佐之助は、奥村をたずねるとき必ず裏側から入って行く。小路に入るとき、佐之助は険しい眼を左右に配った。おくみのことは、念頭から抜け落ちている。佐之助の気分はもう仕事に踏みこんでいた。

奥村はいて、佐之助はすぐ座敷に通された。しもた屋づくりの普通の家だが、座敷から見える庭はなかなか凝《こ》っている。奇岩といった趣きの石、うっそうとした樹木が山中のような気分を漂わせ、池は絶えず微かな水音がしているのは、どこからか水を引いているらしかった。

「やあ、待たせた」

不意に背後に奥村の声がして、奥村は瘦せた小柄な身体を運ぶと、佐之助の前の座布団に坐った。そのまま無言で煙草盆から煙管《きせる》を取りあげると、一服喫《す》いつけた。そしてじっと佐之助を見つめている。

三白眼《さんぱくがん》めいたその細い眼に見据えられると、佐之助はいつも圧迫される気分になる。どういう素姓《すじょう》の男かと思う。奥村とは賭場《とば》で知り合った。奥村は、賭場では奥村さんと呼ばれ、幕府に勤めたことのある武家の隠居だと思われていた。もと旗本だとも言い、また御家人だったという噂もあった。武家には違いなかった。現に、奥村の背後の床の間には、大小の刀が懸《か》けてある。

しかし奥村がやっていることと言えば、佐之助のような男を使って、人を恐喝《きょうかつ》したり、無慈悲に貸し金を取り立てたり、人を襲って不具にしたりすることなのだ。奥村の話しぶりから、佐之助は、奥村が人を使ってやらせている仕事には、これまで佐之助がやってきたようなこととは違う、もっと怖い仕事が含まれているように感じている。それは奥村が匕首《あいくち》を使う仕事を言いつけるときの、ひやりとするような冷たい口調でもわかる。

奥村が使っている人間が、ほかに何人ぐらいいるのか、佐之助は見当がつかない。ただ奥村の家の玄関口で、二、三度それらしい男たちと擦《す》れ違ったことがあるだけである。その一人を、佐之助は半年たついまも記憶している。男はそれほど凶悪な人相をしていた。

どういう繫《つな》がりからか、奥村にそういう仕事を依頼してくる男たちがいるようだった。そういう仕事を、佐之助たちに割りふりながら、奥村は、さっき佐之助を玄関に迎えた、無口そうな若い女と二人で、この家でひっそりと暮らしている。

「じつは、仕事がありましたら、分けて頂きたいと思いやして」

「仕事は、いつでもあるさ」

少し固くなって口を切った佐之助に、奥村は歯切れのいい江戸弁で答えた。そういう口のきき方が、奥村は御家人だったとか、旗本の隠居だとかいう噂を、真実らしく思わせる。奥村は、見たところ六十近い年である。

「どうだね。だいぶ馴れたかい」

と奥村は言って、鼻から煙草のけむりをふき出した。

「ええ、ま」

「お前さん、人を殺《あや》めたことがあるかね」

「………」

「人殺しだよ」

奥村は平気な顔で言って、うつむくと煙草盆に煙管を打ちつけた。世間話をしているような口調だった。

「いえ、まだですが」

「一度やってみるかね。手当ては前金で五両、後金五両。しめて十両だ」

「…………」

「この前の一石屋の一件は、大そう手ぎわよく出来た。先方さんも大変に喜んでいたよ。あのぐらいの度胸があれば、女一人片づけるぐらいは、わけがあるまい」

「女ですか？」

「女と言っても、四十過ぎの中婆さんだな。子供がいなくて十年前に養子を入れたのだが、近年その養子と肌が合わなくなった。よくある話だの」

「…………」

「それで別の男を養子にしたがって、いろいろやっているが、じつはその女は、養子にしたいというその男と出来ている仲でな。とんだ色婆さんなのだ。だから、殺《や》ってもそう心が痛むという仕事じゃやない」

「…………」

「やってみるかね。やる気があれば、先方の店などを教えるが。かなり大きな店だ」

「待って下さい」

と佐之助は言った。佐之助は額ににじんだ汗を拭《ふ》いた。

いずれそういう仕事がくる、という予感がなかったわけではない。来たらためらわずに引きうけるつもりでいたのだ。だが、いま佐之助をしめつけてくるのは、おぞましい気分だけだった。何かが、佐之助の中で変質していた。それは明け方の光の中で、白い二つの乳房を見たせいかも知れなかった。あるいは何日かの間、夜もろくに眠らずに、一人の女の命を看取った後だからだろうか。

「殺しは、あっしの性に合いません」

「断わる？」

「へえ。ほかに回して頂けませんか」

「………」

ぴたりと奥村は口を噤《つぐ》んだ。そのまま、新しく煙草を喫いつけ、煙を吐き出しながら、じっと佐之助を見据えている。奥村の眼は糸のように細められているが、その奥から刺すような視線が、身体を突き刺してくるのがわかった。佐之助は、これまでおぼえたことのない恐怖が、心をかすめるのを感じた。

「それでは、ごめんこうむります」

佐之助は漸《ようや》く言った。奥村はふむと言っただけだった。佐之助が立ち上がると、後から奥村がついてきた。それも気味悪かった。

「もう来ないつもりか」

土間に降りた佐之助に、不意に奥村が言った。

「……」

「いや、来んでよいが、それならいままでのことは、ほかに洩《も》らさんことだな」

顔をあげた佐之助に、奥村はにやりと笑いかけた。それは威嚇《いかく》したというよりも、奥村が住んでいる底知れない暗黒を、わざとのぞき見させたように見えた。次の瞬間、奥村は背をむけていた。

外に出ると、佐之助はいそぎ足に奥村の家を離れた。家の中では気づかなかったが、外に出ると、かなり薄暗くなっている。稲荷社の木立のきわまで来て、佐之助は蹲《うずくま》ると草の中に吐いた。

頭の中に、名前も顔も知らない中年女の死体が浮かんでくる。白く、ぶよぶよに肥った醜い死体だった。腹は空っぽで、出てくるのは苦い胃液だけだったが、つきあげてくる嘔吐感に、佐之助は背を曲げ、いつまでも吐きつづけた。

四

新高橋を渡ると、亥ノ堀川沿いに、佐之助は南にいそいだ。木場を通り抜けて、おかめへ行くつもりだった。この間押し込みをすすめた男に会えればいいと思っている。

仕事を断わって、ああいう別れ方をして、それで奥村との繋りが切れたのかどうかは、はっきりしなかった。奥村には、去る者は追わずといった態度が見えたが、それはほっておいても、佐之助が誰かに告げ口する気遣《きづか》いはないと自信を持っているからだろう。じっさい佐之助自身、もう人には言えないことをやって来ている。また、奥村のことを人に洩らしたりすれば、そのあとどうなるかは、考えるまでもないことだった。間違いなく消される。

——あれで繋りが切れたのなら、その方がいい。

と佐之助は思った。奥村にああいう話を出されて、思わず性分に合いません、と言ったが、あれは本音だったという気がする。

佐之助はこれまで、夜道に人を襲って片腕をへし折ったり、この前の一石屋のように匕首で刺したりする、かなり手荒い仕事をやっている。だが、それと殺しは、また別だという気がした。金をもらって人の命を奪い、その金で暮らしを立てるということには、肌がざわめくようなおぞましさがある。ことにいまは、一人ではない。おくみという女がいる。

出来れば、二度と奥村の家には足踏みしたくない、と佐之助は思った。繋りが切れたのではなく、たとえば奥村から何か言って来ても、殺しだけは断わろう。

——それをやるぐらいなら、奴がいう押し込みを手伝う方がましだ。

佐之助は、堅肥りの身体をし、愛想のいい笑顔で喋《しやべ》る男のことを考えた。あの男も、相当のタマには違いないが、やろうとしていることははっきりしている。奥村のように、どこまで裏があるか知れないような、得体がわからない仕事をやっている人間とは違う。その気があるならあんた、その金で足を洗えるというものです。そう囁《ささや》いた男の声が甦《よみがえ》る。

——それにしても、百両というのはほんとかね？

木場を横ぎりながら、佐之助は首をかしげた。人家が少ない木場の町は、もうすっかり暗くなって、あちこちにぽつりぽつりと灯が見えるだけだった。その鼻をつままれそうな闇の中に、掘割の水がぼんやりと光を沈めている。西空のきわに、血のように赤く細長い雲が横たわっているのは、日の名残りだった。佐之助は、その雲にむかって、足を早めた。

おかめに入ると、時刻が早いせいで、まだかなり客が残っていた。かなりといっても、十人ほどの人間が乱雑に飲んでいるだけだが、思ったとおり、いつも坐る場所には腹がけをしめた職人風の男が坐っている。

仕方なく、佐之助は入口に近い腰掛けに、腰をおろした。店の親爺がやってきたのは、しばらくしてからである。あの体格のいい女房が休んでいるので、親爺はてんてこ舞いをしているようだった。

「いそがしそうだな」

「………」

「時どき顔が合う、あの愛想のいい旦那は今夜くるかね」

「さあ」

親爺は盆をかかえて、のっそり立っている。いくら無愛想だといっても、飲み屋の親爺がこれでいいのかね、と佐之助はむっとするが、酒を三本頼んだ。飲みながら、ゆっくりあの男を待つつもりだった。奥村の方がだめになったとすると、どうしてもあの男に会わなければならないのだ。

運ばれてきた酒を飲み、煮肴をつつきながら、佐之助はぼんやりと、いつもの自分の席に坐っている職人を眺めた。四十半ばとみえる親爺である。かなり出来上がっていて、その前に坐って、こちらに背を向けている男に、大きな声で話しかけ、後にひっくり返るほどのけぞって笑ったりする。

相手も職人らしく、背中に腹掛けの紐が見える。あまり飲めないらしく、親爺がすすめる酒を時どき手をふって辞退するのに、親爺はひょいと立ち上がって、相手が持ち上げた盃にしつこく酒をつぐ。そしてまた、何が面白いのかのけぞって笑い、その拍子に腰掛けから尻が落ちそうになって、あわてて飯台《はんだい》に縋《すが》ったりしている。眺めているうちに、佐之助は不意に自分が誰かに見られているような気がした。その感じは斜め左、板場の方からやってくる。

佐之助は気づかないふりをして、しばらくうつむいて肴をつつき、盃をあけた。それから、さりげなく顔をあげて視線を移すと、一人の男と眼が合った。瘦せて、目玉の大きい男だった。年は四十前後に見える。男は佐之助と眼があうと、さりげなく視線をはずした。手酌で盃を満たしている。一人のようだった。

佐之助はぞっとした。奥村が、もう人をさしむけてきたかと思ったのである。瞬《まばた》かない大きな眼に、並みの人間と違う印象があった。むろんはじめて見る顔だった。だが、男が奥村のむけてきた人間だとすると、いまあわてて外に出るのは危険だった。

逃げるか、やり合うか、腹を決める必要がある。佐之助は浴衣の上から、腹巻にさしこんである匕首にそっと触った。すると、幾らか落ちつきが戻ってくるようだった。少し様子をみよう、と思った。相手が奥村の手先だと、まだ決まったわけではない。また、そうだとすれば、じたばた慌《あわ》てたところでしようがないのだ。

客が一人去り、二人去りして、次第に店が空いた。新しい客はなく、やがて店の中は、佐之助と眼の大きい男の二人だけになった。佐之助は親爺に声をかけて、いつも坐る場所に、銚子と盃を持って移った。すると遠い距離だが、男とむかい合う形になった。

男は顔を伏せてひっそりと飲んでいる。時どき顔をあげて佐之助を眺めたり、入口の方を見たりした。

——先に出て、待ち伏せるか。

と佐之助は思った。相手が奥村のむけてきた人間であることは、間違いないという気がした。奥村はああ言ったが、そのあとすぐ不安になって、後を跟《つ》けさせたのだ。それに間違いないとすれば、男に外で待たれるのは具合悪い。

腹を決めて立とうとしたとき、男が低い声で親爺を呼んだ。勘定を払うと、男は佐之助を見向きもせずに外に出て行った。あっという間のことで、佐之助は茫然と男を見送った。

すると、ほとんど入れ違いに、一人の男が店に入ってきた。この前、佐之助に押し込みをすすめた男だった。相変らず愛想のいい笑顔で佐之助をみると声をかけた。

「やあ、おひとりですかな」

「あんたを待っていたのだ」

思わず佐之助は言った。男の笑顔に釣られたようだった。

「それは、それは」

男は満面に笑いを浮かべて近寄ると、佐之助の前に腰をおろした。

「店に変な男が入りこんでいましてな」

男は顔をつき出して囁いた。

「それでちょっと、外で様子を見ていたのですよ。いや、お待たせしましたな」

「変な男？」

「いま出て行った男です。あんたはご存じない？　あれはね……」

男はいよいよ声をひそめた。

「一色町に住んでいる、芝蔵という岡っ引ですよ。むろん、あたしのことを嗅《か》ぎまわっている」

「………」

佐之助はあっけにとられた。それだと、だいぶ思い違いをしていたことになる。身体を縛っていた緊張が、みるみるほどけるのを感じた。

「なに、つきまとわれても、あたしはどうということもありません。だが、今夜はちょっと困る」

男が言ったとき、店の親爺が寄ってきて、ぼそっとした口調で言った。

「みなさん、お待ちかねですよ」

「わかっています」

男はそっけなく言った。親爺がはなれて行くと、男はまた笑顔に戻った。

「さあ、あたしを待っていたという、その用件を聞きましょうか。いいお話ですかな」

手を揉《も》んで、男は商人が商談に入るような構えになった。

「この間の話だがな」

佐之助は相手の眼をのぞき込んで囁いた。

「ひと口乗せてもらうぜ」

「それは、それは」

男は手を拍《う》った。店の親爺がこっちを眺めているのに、憚《はばか》りもなく厚かましいものだった。

「あのとき、百両と言ったが、間違いねえだろうな」

「もちろんです、もちろんです」

男は立ち上がって言った。

「あんた、ぎりぎり決着のところで間に合った。さあ、こちらへ。仲間を引き合わせましょう——」

五

男は店を横切ると、潜《くぐ》りから板場の中に入った。佐之助も後に続いた。

「さあ、こちらへ」

板場の奥に、薄暗い梯子《はしご》があった。かなり急な梯子だった。男の後から梯子をのぼりながら、佐之助が下を見ると、親爺が店の中の懸《か》け行燈を吹き消しているところだった。二人を振りむきもしない。

——こいつは驚いたな。

と佐之助は思った。店の親爺が、この男の仲間かどうかはともかく、少なくとも男の正体を知っていることは明らかだった。

だが梯子をのぼって、二階の部屋に入ると佐之助はもう一度驚いた。部屋は、奥に細長い六畳で、小さな窓がついているだけの、屋根裏のような場所だった。中に人が三人いて、行燈の下に頭を集めて酒を飲んでいる。青白い顔をした浪人と、白髪の爺さんと、肥って顔色のいいあの若者だった。つまり、おかめの常連が、顔をそろえているのだった。

「ずいぶん待たせるじゃねえか」

二人を振りむいた爺さんが言った。その声音がすっかり悪党じみているのに佐之助は驚いたが、同時に滑稽《こっけい》な気もした。爺さんの顔は、まるで狒狒《ひひ》のように赤らんで、口調はすでにろれつが回らなくなっている。近ごろ家の者に酒を禁じられているらしい爺さんが、待っている間にしこたま飲んだ気配が明らかだった。ほかの二人は、前に盃はおいているが、あまり元気のない顔を伏せている。

——仲間というのは、この連中か。

佐之助は何となく気落ちするのを感じた。この連中と組んで、果して百両が手に入るのかね、とちらと思った。だが、佐之助を案内した男は、いっこうに平気そうだった。

「やあやあ、お待たせしましたな」

そう言って坐ると、脇に坐った佐之助を振りむいて言った。

「このひとが、あたしらの仲間に入ります。ご存じのように、あなた方の飲み仲間。佐之助さんと言いましてな。はしこい仕事をなさるひとです。これで全部そろいました」

「よろしく頼むぜ、若えの」

と爺さんが言った。浪人も低い声で、よしなにと言った。肥った若い男は黙って頭を下げただけだった。相変らず落ちつかない顔色をしている。

男は佐之助にも、改めてみんなの名前を言った。ただし名前だけで、何をやっているとか住居のことなどには触れなかった。

「ではおしまいに、あたしのことを申しあげましょう。あたしは伊兵衛と申しましてな。冬木町で金貸しの看板をあげていますが、本業は、あなた方に申しあげたように、盗っ人です」

伊兵衛はにこやかに言った。

「さて、人数が揃《そろ》いましたので、早速あたしが考えている押し込みというのをお話ししますが、その前に、ぜひともあなた方に申しあげたいことがございます」

「………」

「それは、今度の仕事にかかるについては、何もおっしゃらずにあたしを信用して頂きたいということですな。あたしを信用して、言われたとおりにやって頂く。そうすれば、お約束した金は、必ずあなた方の手に入ります」

行燈の灯芯《とうしん》が、じーっ、じーっと鳴っている。佐之助らは沈黙したままだった。

「いかがですか。信用して頂けますか」

「しかしまだ、何の話も聞いてねえしな。のっけからそう言われても……」

弥十が、ごしごしと首筋を掻《か》いて、なあと隣の仙太郎の顔をのぞいた。弥十は少し不満だった。押し入って金を奪うこともさることながら、その手順、役割などについて、もっと相談に乗せてもらえるものと思っていたのだ。昔取った杵柄《きねづか》ということがある。押し込みまではやっていないが、これでも昔はずいぶん手荒な仕事をした。ただ手足のように動けというのでは、なんとなくこけにされているような気分がしないでもない。もっともこの男が、俺を手足に使うほどの大泥棒というのでもあれば、話は別だと弥十は思った。

弥十に同意をもとめられたが、仙太郎は黙ってうつむいている。仙太郎は、この二階に上がったときから、少しずつ後悔していた。酒もあまり飲んでいない。伊兵衛に、半ばは脅されるようにして仲間に加わったものの、土台無理な仕事を押しつけられているという気がする。百両の金は、喉から手が出るほど欲しいが、そうかと言って自分に押し込みが出来るとは思えなかった。仙太郎は親から小遣いをもらうほかは、これまで一両といえども、店の金を持ち出したりしたことはないのだ。

いまこうして仲間が決まって、いよいよ押し込みに入る相談にかかっているのをみると、恐ろしさに身体がふるえてくるようだった。仙太郎は、出来ればこの部屋から逃げ出したい気分になっている。

「信用はおけないとおっしゃる？」

伊兵衛が笑いを消して弥十を見た。笑いやむと、それだけで伊兵衛の人相は一ぺんに険しくなる。

「信用頂けないとすると、この仕事は無理ですな。それでは、ご破算ということにしますか。あたしは構いませんが」

「いや、まるっきり信用しねえという話じゃねえよ」

弥十があわてたように言った。

「ただ、なんだよ。あんた盗っ人だというが、ひと口に盗っ人と言っても、その、ぴんからきりまであるからの。つまり……」

「あ、わかりました」

伊兵衛はまた、愛想のいい笑顔に戻った。

「盗っ人の腕前の方はどうかと、それを心配していなさる。それでしたらご心配におよびません。あたしは、あなた方のような素人衆と組んで、これまで四度も盗みに入りましたが、一度もしくじったりはしていません、はい。ちゃんと見込んだとおりのお金を頂戴《ちょうだい》しましたし、むろんその盗みで捕まったものは、一人もおりません」

四人は一斉に伊兵衛の顔を見た。仙太郎まで、熱心な眼で伊兵衛を見まもっている。

「ちょっと手伝って頂くだけだと、前にも申し上げたはずですがな。危い話ならみなさんを誘ったりはしませんよ。だから、信用してくれと言いますのは、押し込みの手順、金の分配、そういうことについて、一切あたしにおまかせ頂けるかどうかということです。はい」

「よし、信用した。一切まかせるから、指図してくんな」

と弥十が言った。ほかの三人もうなずいた。

「それでは申しあげましょう。入る先は、清住町にある近江《おうみ》屋という繰綿《くりわた》問屋です」

伊兵衛は説明した。近江屋は商いも構えもさほど大きい店ではない。人数は七人。主人夫婦と年ごろの息子、四十恰好の番頭、店の奉公人二人、それに女中一人で、夜になると、番頭は自分の家に帰るから、家の中は六人になる。ほかに荷を運ぶ外働きの雇人が三人いるが、これも夕方には家に戻る。

「少しものが小せえじゃねえのかい」

弥十が唸《うな》った。

「どうせやるんなら、もちっとばんとした店に入ったらどんなもんかね」

「まかせると言ったはずですよ、弥十さん」

伊兵衛はやわらかく釘をさした。だが咎《とが》める口調ではなく、にこにこしている。

「小さい店ですが、金はあります。もっとも他人から集めた金ですがね」

近江屋は、今年になってから繰綿問屋の仲間組の世話人をしている。仲間は江戸市中に七十軒あって、年に一千両の冥加金《みようが》を幕府におさめるきまりだが、世話人五人のうち、近江屋と川向うの両国若松町に店を持つ秩父屋が、その金を集める役になっている。二人は遅くとも八月十四日まで、仲間から冥加金の割当て分を集め、翌日の仲間寄合に持参することが決まっていた。集まった金は、その日幕府に上納する。

「集める額は、近江屋が七百両、秩父屋が三百両と決まっていましてな。だから今月の十四日には、近江屋に、店の金とはべつに七百両という金が集まっているわけですよ。あたしはその前日《まえび》、というのは、集まったところで金をよそに移すなどということも、ないことではありませんので、前日の十三日の日暮れ、近江屋に押し入るという段取りです。それでも頂く金は、まず六百両はくだるまい、といった勘定ですな」

みんなはうなずいた。伊兵衛の話の裏に、緻密《ちみつ》な調べが行きとどいている感じがあった。おそらく伊兵衛は、それだけの調べをつけ、成算を得たから、四人を誘ったのだと解ったのである。

ふと気づいたように佐之助が言った。

「夜じゃなくて、日暮れにやるんですかい？」

「そう、夕方です。やる段になるとわかりますが、押し込みは日暮れに限るのです。前に組んだ人たちも、それを心配しましたが、なに、それでやって全部うまく行きました」

伊兵衛は自信ありげに言った。

「それはこういうことですな。夜に他人さまの家に押し込むとなると、どんな家でもちゃんと戸締りがしてありますから、失礼だが素人衆には無理です。手間はかかるし、音は立てる。仕事にはなりません」

「……」

「ところが、日暮れはまだ戸が開いております。そこをぞろぞろと入って、中の人間を縛り、金を頂くわけですな。手伝えと申したのはそこですよ。仕事はほんの四半刻（三十分）もあれば済みます。済んだら、みなさんはそのまま町に出て、帰っていただきます」

「しかしそんな時刻だと、町の者に見られやしねえのか」

と弥十が言った。

「そこは念を入れて調べました。大体日が暮れると間もなくして、ばったりと人足がとだえる時があるものです。逢魔《おうま》が刻《とき》という奴ですな。見ておりますと、あのあたりの店は大体その時刻に戸を閉める。向かいに紙屋がありまして、これが開いてちゃまずいが、うまいことに近江屋が表戸をおろす僅か前に店を閉める。三度見ましたが、三度ともそうでした。言い忘れましたが、近江屋の外働きは、それより前に家へ帰りますので、邪魔にはなりません」

「……」

「ほかに青物屋、肴屋と仕舞うのが遅い店はありますが、これはだいぶ離れていて、これも気遣いはまったくありませんな」

「うまく行きそうではないか、伊兵衛どの」

それまで黙って話を聞いていた伊黒が、はじめて声を出した。頬が赤らんでいる。

「いままでずっと聞いておったが、なかなか武士もおよばぬ計略じゃな」

「恐れいります」

「それでわしは何をやればいいかな。やはり人を縛るか」

「手順はまたあとで打ち合わせますが、旦那は入りましたら、まっすぐ裏口に行って頂く。そこで人が逃げ出さないように見張って頂くことになります」

「そのようなことで、金をもらえるのか」

「むろんです。お約束したお金は間違いなくさしあげます」

「あれは、ほっといていいのかね。一色町のあの岡っ引」

不意に佐之助が言った。

「ああ、芝蔵ですか。なに、あれは大丈夫ですよ。あたしから、何か匂うかして、ああして跟《つ》け回していますが、押し込みの証拠なぞ、なにひとつ摑《つか》んじゃいないはずです」

「……………」

「ここが面白いところですよ、みなさん」

伊兵衛は、満面に笑いを浮かべて、みんなの顔をぐるりと見回した。

「なぜ証拠があがらないかといえば、それはあたしが、みなさんのような素人衆と組んで仕事をしてきたからですよ」

「……………」

「お役人はむろん必死にお調べになる。そこであたしがくさいと思っても、押し込みはあたし一人でやれるわけじゃない。四人も五人もいたと、現に店の者がそう言う。ところが、盗っ人癖のある奴をいくら調べたところで、押し込みの人間は浮かんで来ないわけです。やったのはみんな素人で、押し込みが終れば、自分の仕事に戻りましたから、わかるはずはありません」

一人だけ、厄介なのがいたなと伊兵衛は思った。米吉という男である。伊兵衛は、米吉が二つ名のある盗っ人だと知っていたが、口の固い男だという評判を信用して、仲間に引き入れた。押し込み先で、錠前《じょうまえ》をはずすのにどうしても米吉の腕が必要だったからである。

なるほど米吉は、口は固かったが、押し込みのあと半年ほど経ったころ、突然に伊兵衛に恫《おど》しをかけてきたのだった。伊兵衛は、米吉を消すつもりで、夜の闇に何度か跟け回したが、相手はさすがに名の通った盗っ人で、容易につかまらなかった。やむを得ず白昼、わざと人通りの中に呼び出し、喧嘩に見せかけて刺殺《しさつ》し、ようやくけりをつけたのである。そのために八年島暮らしをした。

「昔、一人だけ同業の男を仲間に入れましてな。仕事はうまくいきましたが、この男はあたしに恫しをかけてきた。これはあたしのしくじりでした。そこへいくと、素人衆と組むのは気が楽です。喋《しゃべ》れば身の破滅になりますから、誰も喋りません。だからお役人も調べようがないのですよ」

伊兵衛の言葉は一種の恫喝《どうかつ》になったようだったが、伊兵衛は気づかないふりをして言葉をつづけた。

「もうひとつ、今夜言っておきたいことがあります」

「………」

「お約束した金は、必ずさしあげます。また、それがもらえるということは、あなた方ももうおわかりになっている。だが、すぐにお渡しするというわけにはいかないので、そこをご承知願いたいのですよ」

「いつくれるんだね」

と弥十が言った。ほかの三人も伊兵衛を黙って注目している。

「ま、二月《ふた》あと」

「そいつは殺生だろうぜ」

と弥十が喚《わめ》いた。しっと伊兵衛は口に指をあてた。

「押し込みが終ると、あたしはその金をすぐにある場所に隠します。お役人がきて調べてもわからないような場所にね。そしてそのまま、二月はじっとしている。そうしないとやばいのです」

「……」

「さっき佐之助さんが言ったように、あたしはお役人に眼をつけられている。その夜、外に出ていたことがわかってもまずいぐらいです。ここまで金を運んできて、あなた方にわけたりするわけにいきません。おわかりですかな。そんなことをしていたら、みんな捕まりますすよ」

「……」

「今度の調べは厳しいかも知れない。なにしろお上におさめる金を横どりすることになりますからな。二月は何気なくしていてください。その間にあたしがお金をどうこうしないかなどと、そういう心配はなさらないで下さい。そのためあたしは名前も住居もはじめに名乗りました。しかし……」

　伊兵衛は懐をさぐって、ぶ厚い袱紗《ふくさ》包みを出すと、畳においた。

「二月とはあんまりだと、みなさんおっしゃるかもしれないと思いましてな。少し金を用意してきました。まだ押し込みには十日ほどありますが、前金と考えて頂いて結構です」

「それなら、話はわかる」

　と弥十がもっともらしくうなずいた。

「伊黒さんには、病人がいらっしゃることですから、十両お渡ししておきます。もっとお入用のときは、下の親爺におっしゃって下さい。弥十さんは飲むだけですから、五両あれば足りるでしょう。佐之助さんも……」

　言いながら伊兵衛は、すばやい手つきで金を数え、それぞれの膝の前に置いた。

「佐之助さんも、五両ぐらいですかな？」

「あっしは、奥村と手を切って来たんだがね」

「それでは十両さしあげておきましょう。あんたは……」

　伊兵衛は、横からのばした仙太郎の手をぴしゃりと打った。

「あんたは我慢することですな。百両が五両欠けても、あの女は承知しませんよ」

今夜はこれぐらいにして、押し込みの二日前にもう一度集まってもらいたい、という伊兵衛の言葉で、四人は暗い梯子を降りた。すると、明りのない店の中から、親爺が低い声をかけてきて、四人を板場から出し、店の入口までみちびいた。そこで男たちは、親爺が指図するままに、一人ずつ間を置いて店を出、外の闇に紛れた。

馬道通りは、前も後も暗かった。だが暗い町のどこかで、微かにどよめくような気配があった。細い小路が入り組んだ町の奥で、まだ夜の歓楽が続いているようだった。

佐之助が、おくみのことを思い出したのは、星空に黒ぐろとそびえている一ノ鳥居を見上げたときだった。奥村に会い、そのあと伊兵衛に会ってああいう話になり、緊張がつづいた。その間に、家の中に女を置いて出たことを、すっかり忘れていたようだった。

——一人で飯を炊《た》いて喰ったかな。

と思った。すると、おくみがそうしたとは思えず、佐之助は急に心配になった。遅くなり過ぎたようだった。時刻は四ツ（午後十時）に近く、そろそろ町木戸が閉まるころだと思われた。漠然とした不安にせかされて、佐之助は足を早めた。

戸を開けて家に入ったとき、佐之助は悪い予感があたったと思った。家の中は真暗で、人の気配はなかった。茶の間に入って行燈に灯を入れると、そこに布団と貸した浴衣がきちんと畳んである。ほかにおくみの消息を示すようなものは何もなかった。

——出て行ったのだ。

と思った。どこに行ったのか、と思ったとき、佐之助は思わず舌打ちしそうになった。仲町の小料理屋で働いているとだけ聞いて、その店がどこにあるかを確かめなかったうかつさに気づいたのである。

——だが、なぜ出て行ったのだ。

佐之助は畳の上に胡坐《あぐら》をかいて、そう思った。女は、朝のことを男の浮気だと思ったのだろうか。それとも以前から佐之助の悪い噂を耳にしていて、やはり一緒に暮らす人間ではないと、思い返したのか。そのどちらでもあるようだった。

不意に寂寥《せきりょう》が、佐之助の胸を満たした。その寂寥の中で、佐之助は自分が、思ったよりも深く女に心を傾けていたのを覚《さと》った。竈の火に浮かび上がった、無心で稚くさえ見えた横顔。熱に冒《おか》されて、時おり瞼《まぶた》をふるわせ、荒い息を吐いた寝顔。薬を飲ませるために、首を抱いたときに匂った汗の香。そして仄《ほの》かな朝の光の中に横たわった、白い裸身を思い出していた。痩せた裸だった。それが、ただ通り過ぎただけのものとは思えなかった。

佐之助は、手をのばしておくみが残して行った浴衣を取りあげると、顔を埋めてみた。淡い体臭が残っていたが、それだけだった。

——しかし、戻ってくるつもりかも知れない。

重い疲労感の中から、顔をもたげるようにして、佐之助はふとそう思った。女とそれだけの繋《つなが》りはあるはずだと思った。

しかしおくみは次の日も、その次の日も戻って来なかった。

押し込み

一

南町奉行所の定町廻り同心新関多仲《にいぜきたちゅう》は、伊兵衛が、櫓下《やぐらした》を通り過ぎたところで、一軒の水茶屋に入るのをみると、ためらわずに自分も同じ軒をくぐった。

店に入ると、新関は伊兵衛が坐っている場所を確かめ、その姿が見える席に腰をおろした。寄ってきた女中にお茶を言いつけると、新関は顔をあげて、伊兵衛をみた。

伊兵衛はお茶を運んで行った女中に何か話しかけ、愛想よく笑っている。大店の主人といっても通りそうな福福しい笑顔で、商人らしい物腰だった。だが新関は、その笑顔をむろん一度も信用したことはない。油断ならない男だと思うだけである。

伊兵衛の笑顔が、見事であればあるほど、その下からどうしようもなくいかがわしい感じが匂ってくる。いまに化けの皮を剝《は》いでやると思いながら、新関は運ばれてきた茶に口をつけた。

芝蔵に、伊兵衛の身辺に注意しろと言った直後から、新関は町の中で頻頻《ひんぴん》と伊兵衛を見かけるようになった。伊兵衛は、まるで新関の回り筋を知っていて、わざとそうしているかのように、一日に二度も新関の眼に触れる場所に現われたりした。

伊兵衛のそうした頻繁な外歩きに、どういう意味があるのか、新関にはまだ摑《つか》めていない。そうやって歩いている間に、たとえば押し込み先を物色したり、仲間に会ったりしているのではないかと疑うことも出来たが、一方まったく無意味に町をぶらついているとも考えられるのであった。少なくとも芝蔵から、伊兵衛が人に会ったりしているという報告はない。

だが今日、八幡宮の茶店の前で、二、三間先の人混みの中に、伊兵衛の後姿を見つけたとき、新関は、急に強く、伊兵衛はわざとそうやって自分の前に姿を見せようとしているに違いない、という気がしたのである。

伊兵衛が、このあたりの巡回を受け持っている新関を知らないはずはなかった。いわゆる八丁堀ふうの新関の姿は、どこを歩いても目立つ。通り筋では、べつに町役人に限らず、新関の姿を見て小腰をかがめて挨拶する人間が多かった。

伊兵衛は、当然新関を知っていて、近頃身の回りに姿を現わしている。そういう気がした。それはなんのためか、と考えたとき、新関は微《かす》かに思いあたることがあったが、その推測はひとまず措《お》いて、今日は伊兵衛につき合ってみるつもりで、後に跟《つ》いて歩いているのだった。

伊兵衛が腰をあげるのをみて、新関も女中を呼んだ。四半刻ほど、伊兵衛は上品な手ぶりでお茶を飲んだが、その間伊兵衛に近づいてきた人間はいなかった。それは新関が予想したとおりだった。新関の推測に間違いなければ、伊兵衛はそういう自分を、新関に見せようとしているのだ。

勘定を済ませて、新関はゆっくり外に出た。べつに急ぐ必要はない。伊兵衛は、新関から逃げようとしているわけではなく、逆に自分を見てもらいたがっている。

新関がみると、伊兵衛は五、六間先の小間物屋の前で買い物を済ませたところだった。そのまま背を向けて、それほどいそぐ足どりでもなく歩いて行く。新関はその後から跟いて行った。七ツ（午後四時）過ぎの馬道通りには、やや傾いた日射しがさしこみ、かなりの人通りがあるが、幅広い伊兵衛の背を見失うほどではない。

一ノ鳥居を出ると、伊兵衛は間もなく黒江町の角を曲った。まったく同じ足どりで、伊兵衛は黒江川の河岸に出、黒江橋を対岸に渡ると、今度は油堀を北に渡った。

――これで、今日は帰るつもりか。

新関は思った。伊兵衛は閻魔《えんま》堂橋を渡ると、河岸をすぐ右に折れて、江川にかかる小さな橋を渡った。新関はぴったり後を跟けて行った。このあたりになると、町は時どき人通りがとだえ、歩いているのは伊兵衛と新関だけになる。それでも伊兵衛は、一度も後を振りむかなかった。変らない足どりで前を歩いて行く。

冬木町に入って、伊兵衛の家の生垣が見えてきたとき、新関は急に足を早めた。伊兵衛は垣根の中に入って、腰丈《こしだけ》の枝折《しお》り戸を締め、桟をおろそうとしている。その前を新関は通り過ぎた。

新関は、じろりと伊兵衛を眺めたが、伊兵衛は手もとに視線を落としていて、顔をあげなかった。

——狐め。

新関は胸のなかで呟《つぶや》いた。伊兵衛がわざと自分の前でちらちらしてみせるのは明らかだった。十分に意識しているくせに、顔もあげず知らないふりをしたのが、その証拠だと思われた。

なぜ頻繁に、町中で新関と擦《す》れ違ったりしているのかといえば、それは逆に新関の眼から自分を逸《そ》らそうとしているのだ。それが新関の推測だった。その推測が行きつくところは、やはりひとつしかない。伊兵衛は近くなにかやるつもりになっている、と新関は思った。

町方の者に監視されていることを知っている男が、突然町に出てきて何かやろうとすれば目立つ。伊兵衛の行動は、その印象を、新関の眼から薄めようとしているように見える。新関は、町をひとつぐるりと回ると、もときた道を一色町にむかって戻った。

芝蔵の店に入ると、芝蔵の娘が愛想よく迎えて、すぐお茶を運んできた。親爺に似ない丸顔の可愛い顔立ちで、物言いも活発な娘である。十七ぐらいだろうか、近ごろめっきり女らしくなったと新関は眺めている。

芝蔵が板場から出てきて、襷《たすき》をはずして前に腰をおろした。女房が留守らしく、醬油の色がしみこんだ前垂までしめ、芝蔵は岡っ引には見えない。

「おときは、すっかり娘らしくなったな」

新関は、父親のかわりに板場に入って、丼《どんぶり》を洗っている娘を眺めながら言った。客はいないが、時刻のせいで、日が落ちるころになると、店はまたひとしきり人が混む。

芝蔵は答えないで、腰につるした手拭いをとって汗をふくと、ぎょろりとした眼で新関を見た。

「何かありましたか、旦那」

「いま、伊の字のおともをして、ひと回り町を歩いてきたところだ」

「……」

「芝蔵。奴はやっぱり何かたくらんでいるに違いねえぜ」

「さいですか」

「誰か、ほかの人間に会っているはずだが、そっちはつかめねえか」

「探ってはいますんですがね」

芝蔵は困惑したように言った。

「おかめにも、この頃はちょいちょい行って張ってはみるんですが、どうもそういう匂いはして来ねえんでさ」

「おかめで、奴と会うことがあるかい」

「会いましたよ。あのとおり愛想のいい野郎ですから、隣に坐った男と話したりはしてますがね。それとなく聞き耳を立てても、別段の話じゃなさそうで」

「帰りは跟けてみたか」

「へえ、二、三度、旦那じゃありませんが、冬木町までおともしましたが、それだけのことでしたな」

「ご清遊というわけだな。しかしおかしいな、あのへんで、何か匂って来なくちゃならねえところだが」

芝蔵は、ぎょろりと新関をみた。

「なにか、怪しい気ぶりでもありますんで」

「いやさ、勘さ」

新関は腕組みして芝蔵を見た。

「ここまで来たから言っちまうが、おめえに奴の後を跟けさしたり、誰かに会ってねえか気をつけろと言ってるのはな、奴が島帰りの半端者《はんぱ》だから用心してるだけじゃねえのだ」

「……」

「二年前の岡本屋の一件をおぼえているか。堀川町の」

「へえ。五百両の盗みでしょ」

「それだ。おいら、どうもあれは伊の字が嚙《か》んでいる仕事に違いねえという気がしてるのだ」

芝蔵は大きな眼をさらに大きく見ひらいた。それからちらと板場の娘の方に眼を配ってから、声をひそめた。

「そいつは確かですかい、旦那」

「いや、証拠はない」

新関は首を振った。

「さっき言ったとおり、勘だよ。だが、岡本屋の一件についちゃ、ほかの盗み癖がある連中からはさっぱり何も匂っちゃ来ねえが、伊の字からは匂う。屁ほどもねえ僅かな匂いだがな」

「すると、今度も奴がなにかたくらんでいると、そういうお見込みで?」

「確かだとは言えないが、そういう気がしてならねえのだ」

「それだったら、えらいこってすぜ」

「伊の字は近頃、はしゃぎすぎてるとは思わねえか。ああして馬道《うまみち》通りのあたりを、毎日のようにぶらついているのは、まさか出っぱった腹を引っこめるために散策してるわけじゃあるめえ」

「ごもっともで」

「奴は俺たちに見張られているのを承知で、ああしているのさ。今日なんぞもわざと眼の前にちらちらして見せている。だから何かあるのだ」

「何だと思います、旦那」

「押し込みだろう。奴はそれで動いている」

「……………」

「押し込みは一人じゃ出来ねえぜ、芝蔵。伊の字はもう誰かに会ってる。ただ、俺の眼からも、お前の眼からも、それを上手に隠している。ひと筋縄じゃいかねえ男だ」

「あっしは何をやったらいいんで、旦那」

「ま、根気よく見張るしかねえな。伊の字の家、それとおかめか。いまのところ奴はうまくやっているようだが、そのうちボロが出ねえもんでもないからな」

「おや、新関の旦那さま」

不意に女の陽気な声がひびいた。芝蔵の女房が帰ってきたところだった。眼が細く、鼻もひとつまみほどしかない扁平《へんぺい》な顔をしているが、陽気なたちの女だった。芝蔵と女房をみると、新関はいつも、おときは両親のどちらにも似ねえでよかったな、と思うのである。

「よう、世話になっとるぞ」

「お世話なんて、そんなから茶をお出しして、まあ。ほんとにあたしがいないと、この通りなんですから。なにか召しあがりませんか。おそばでも、おうどんでも」

芝蔵の女房は一気に喋《しゃべ》った。こういう成行きで、新関はべつに何も欲しくなくとも、何か喰わされるのである。女房のよく動く口を眺めながら、新関はそれでは折角だから、かけうどんでももらうか、と言った。

二

婿《むこ》は居残り仕事で遅くなると言って出ている。それで弥十の家では、外が暗くなると早早に飯にした。

喰い終って障子をみると、外はすっかり夜の気配になっている。頃はよし、と弥十は立ち上がった。すると、まだ喰い終らないおはるの世話を焼いていたおやすが、弥十に身体をむけて険しい声を出した。

「おとっつぁん、ちょっと坐って下さい」

「なんだよ」

下から睨《にら》み上げるような、おやすの視線に押されて、弥十はしぶしぶ腰をおろした。

「また、おかめですか？」

「そうだよ。それがどうかしたかい」

弥十は若干身構える気分になる。懐があたたかいので、弥十はここ四、五日はせっせとおかめに通いつめている。最初の日に、おやすに見咎《みとが》められたが、金はある、文句を言うなと頭からどやしつけた。それが利いたかして、おやすは今日まで黙っていたのだが、いまは一度参ったはずの蛇が、またぞろ鎌首をもたげた恰好で、弥十を睨んでいる。

「よくお金がつづきますね」

「そりゃおめえ、飲むぐれえの金はある」

「一度聞こうと思ってましたけどね。おとっつぁん、そのお金はいったいどういう金なんですか」

「そんなこたあ、どうだっていいじゃねえかよ、おめえ」

「よくありませんよ」

おやすはきっとした口調で言った。その口ぶりが、弥十に死んだ女房のことを思い出させる。弥十の女房は、ともすれば脇道にそれたがる弥十に、きっとした口調で意見したものだった。だが弥十はとうとう道を踏みはずし、江戸を追われて、帰ってきたときには、女房は死んでいたのだ。

おやすの口ぶりは女房にそっくりだ。しかしおかしなことに、面は嬶《かか》に似なくて俺にそっくりだな、と弥十は思う。

「おとっつぁんに、そんなに毎晩飲みに出るほど、金があるはずはないじゃありませんか。いったい、どうしたお金なんですか。わけを聞かせて下さい」

「わけったっておめえ……」

弥十は閉口した。こういう理詰めの咎めだてが気にいらなくて、よく女房を殴りつけたものだが、娘を殴るわけにはいかない。厄介になって喰わしてもらっているひけ目がある。だが見てろ、それも金を握るまでの辛抱だと弥十は思う。

「べつに盗んだ金じゃねえや」

「じゃ、どうしたんですか」

「どうした、どうしたと言うんじゃねえよ。もらったんだ」

「誰にもらったんですか」

「誰にだっていいじゃねえか。くれる人がいたからもらったんだよ」

と弥十はふてくされた。じっさい、こんな愚にもつかない問答をしているひまに、早く飲みに出かけたいのだ。弥十は喉の奥に掻痒《そうよう》感のようなものが動くのを感じる。

「おとっつぁん、正直に言って」

おやすは、少ししんみりした声音になって言った。

「ただで、お金をくれる人がいるはずないでしょ？　何をしたんです？　まさか悪いことを手伝って、それでお金をもらったりしたんじゃないでしょうね。あたしはそれを心配してるんですよ」

「う、う」

と弥十は唸《うな》った。悪いことは、手伝ったわけではないがこれから手伝うところである。

「悪いことなんぞ、やってねえよ」

「じゃ、どうしたお金なんですか」

「むかし、世話した男にもらったのよ」

「うそ！　そんなこと信用できるもんですか」

弥十は立ち上がった。こんな面倒な長話につき合っていたら、店が閉まってしまう。土間に降りた弥十の背に、おやすの突き刺すような声が飛んできた。

「悪いことして、また捕まったりしても知りませんからね」

暗い道を汐見橋の方に急ぎながら、弥十はなにを言ってやがる、と呟いた。おやすを、きつい女だと思う。だが考えてみれば無理もないのだ。弥十は、おやすが四つのときに江戸を追われたが、その前だって女房子供の面倒をよくみたとは言えない。子供はいわば生み捨てただけである。

そして昔もいまも、弥十は世の穀潰《ごくつぶ》しなのだ。三十年たって戻ってきた穀潰しを、顔をおぼえているはずもないのに、父親という名前だけでおやすは養っている。文句は言えない、と弥十は思う。だがその道理と、娘夫婦と一緒に暮らす窮屈さとは、また別物だと弥十は感じる。

――ま、いいさ。金が入るまでの辛抱だ。

弥十は五日後に迫った押し込みと、その二カ月後にもらう大金のことを考える。するとおやすの説教はみるみる色あせて、心はとりとめなくふくらんでくるようだった。弥十はせっせと夜道をいそいだ。長い間旅暮らしをしたせいで、足腰は達者だった。来年は六十だが、まだ歩くのに杖が欲しいと思ったことはない。

軒行燈の光が明るい町通りを、簑《みの》虫のように身体を莫蓙《ござ》でくるんだ乞食が一人、ゆっくり歩いている。弥十は年寄りとは思えない足どりで、その乞食を追い越した。

おかめに着くと、店はまだ混んでいた。寄ってきた店の親爺に、弥十は酒を言いつける。親爺が伊兵衛と繋《つなが》っていることはわかっているが、弥十はそれを覚《さと》っている気配は顔色にも出さない。そういうことは、やくざの飯を喰ったことがある弥十には、伊兵衛に念押しされるまでもなくわかっている。

酒がきて、一杯飲んだところで、背をのばして店内を見渡すと、隅の席に佐之助がきているのが見えた。弥十は、いるなと思っただけで、むろん知らんぷりをする。笑いかけたりはしない。どこで誰が見ているか、知れたものではないのだ。弥十は昔、小梅村にある賭場で、客の一人を抱き落としにかけ、有り金を捲《ま》きあげたことがある。抱き落としとは、数人で組んでやるいかさまだ。そのとき組んだのは、中盆を含めて六人だったが、組んだ仕事だなどということを、毛筋ほども覚らせはしなかった。今度の仕事もそれと同じことだと思っている。

だが隣にいる男は、ただの飲み客だ。弥十は銚子を持ち上げて、相手に突き出した。

「どうだね。一杯やらねえか」

「へ。こりゃどうも」

弥十よりはだいぶ若い、五十過ぎに見えるその親爺は、相好《そうごう》を崩して盃を持ちあげた。鞠躬如《きっきゅうじょ》といった感じで酒を受ける。

親爺は、弥十が隣に腰かけると間もなく、酒が切れたようだったが、それで店の親爺を呼ぶでもなく、そうかといって立つでもなく、飯台の下でこっそり財布の銭を数えたり、未練たらしく空徳利を盃の上にかざし、力をこめて振ったりしていたのだ。思うに、飲むには金が心配だが、そうかといって飲み足りなくて立つ気にはなれないところだと、弥十は見たのである。

腹掛け、もも引きに、足袋草鞋《わらじ》の足もと。それに腹掛けの裾が泥に汚れているのをみれば、仕事は左官だと見当がつく。だが夜分はだいぶ涼しくなったというのに半天もなしで、無精髭《ひげ》ののび加減からみても親方といった格ではない。弥十の心の中に、そぞろ同情の気持が動く。

――うだつが上がるまでには、だいぶ手間がかかりそうだな。

弥十はそう眺めながら、相手に酒をついでやり、皿の目刺しをすすめた。懐があたたかいので、弥十の気分はゆったりしている。

「旦那は、もう楽隠居といったところで？」

だいぶ酩酊した声で相手が言った。声音には、施主に対する敬意が含まれている。

「まあな」

弥十はおっとりと言った。

「伜《せがれ》が大工で、喰うには困らねえから、ま、仕事と言や、孫のお守ぐらいだな」

「そいつはうらやましゅうがすな。あっしのところなんざ、伜が二十八にもなっていながら、不出来な男で、嫁をもらうどころか、まだ親の脛《すね》をかじってる始末でしてな」

「……」

「あっしもこれで、ずいぶん苦労してますんでさあ、旦那。若え頃のことを言っちゃなんですが、若え頃はこれでも……」

愚痴をこぼしながら、男はいつの間にか厚かましく弥十の銚子に手をのばして、手酌で酒をついでいる。

以前の弥十なら、その手をはたき落とすところだが、今夜はそれもあまり気にならない。意気地のねえ男だ、と思いながら、この男なんかは一生拝むこともあるめえな、とやがて手に入るはずの大金に、弥十はうっとりと思いを馳《は》せる。すると、酔っているばかりでなく、心がふくらんできて、弥十はやさしく男に声をかける。

「飲みなよ、とっつぁん。遠慮はいらねえのだぜ」

三

仙太郎が手をのばすと、おりえはいやと言って、身体を引いた。

「どうしたんだい？」

仙太郎は鼻白んで言った。二人がいるのは、柳橋平右衛門町にある待合茶屋の二階である。大川端に建っている茶屋の二階から、昼の間なら大川の舟の行き来が眺められるはずだが、いまは岸にぶつかる波の音だけが聞こえる。

「何かあったのか、おりえちゃん」

仙太郎は顔をのぞきこむようにして言った。おりえとここで会うのは、はじめてではない。四、五度になる。縁談がまとまってひと月ぐらいした頃、仙太郎はおりえを上野見物に誘い、その帰り、巧みに不忍池《しのばず》脇の茶屋に連れこんで身体を奪った。

そのときは、化粧が崩れてお化けみたいな面相になるほど泣いたのに、一度そうなると、女はにわかに大胆になった。仙太郎の誘いを、おりえは拒むこともなく、自分から先にきて待っているようになった。

だから、手を出して拒まれるなどと思いもしなかったのである。仙太郎に顔をのぞきこまれると、おりえはいよいよ深くうつむいてしまった。

「家の人にでも叱られたのか」

「………」

おりえは首を振った。顔を赤くして、涙ぐんでいるようだった。すると、十七というおりえの年齢があらわれて、稚《おさな》く見えた。仙太郎は柔らかい口調で言った。

「泣くことはないよ。何があったか、話してごらんな」

「だって……」

おりえは、ちらと仙太郎を見たが、またうつむいてしまった。顔をあげた拍子に、瓜実顔《うりざね》の頰をつるりと涙が一滴、すべり落ちたのを仙太郎は見てしまった。

「ほんとうにどうしたんだい。言わなきゃわからないじゃないか」

仙太郎は少し語気を荒くした。おりえと一緒にうなぎを喰い、酒も少し飲んだが、ここに来たのは、酒を飲むためではない。

「仙太郎さん」

不意におりえが顔をあげて、真直ぐに仙太郎を見た。顔色が、急に白っぽく変ったように見えた。

「好きなひとがいるんですか」

「……」

仙太郎は眼を瞠《みは》った。笑おうとしたが、うまく笑えなかった。仙太郎は頰がひきつるのを感じるまま言った。

「誰がそんなことを言ったんだい？」

「いるんですか、いないんですか」

おりえは、もうめそめそしていなかった。鋭く問いただす口調でそう言った。おりえに見つめられて、自分の表情がひどく醜くなっているのを感じながら、仙太郎は漸く切り返した。

「そんなひと、いるはずがないじゃないか。あんたというひとが決まっていながら」

「ほんと？」

「嘘つくはずがないだろ？　だから、誰がそんなこと言ったかって聞いているんだよ」

「うちのお店のひとよ」

おりえは襟に顎《あご》をうずめた。それからまた顔をあげて探るように仙太郎を見た。仙太郎の言うことを信じていない眼だった。

「外歩きの藤七が、仙太郎さんが、確かに女のひとと歩いているところを見たって、そう言うのよ」

「そいつは何かの間違いだよ、おりえちゃん」

仙太郎は笑った。今度はうまく笑えた。そうか、あのときに見られたのだ、と仙太郎は思った。

十日ほど前に、仙太郎はおきぬに、着物を買うから柄《がら》をみてくれと誘われて、馬道通りの店まで行っている。人通りの多い場所に、女と一緒に出かけるのは気がすすまなかったが、断われば面倒なことになりそうで、黙ってついて行ったのだ。そのとき、藤七という男に見られたに違いない。

「それはいつのことだい？　ひょっとしたら晦日《みそか》の日のことを言ってるんじゃないだろうね」

「そうよ。晦日よ。藤七は掛け取りに歩いていたんだから」

「やっぱりそうか」

仙太郎は手を拍《う》ってみせた。

「そりゃ、叔母さんだよ」

「おばさん？」

「そうさ。ほら本所の石原に嫁《かたづ》いている叔母がいるって、前に話しただろ。あんたとは、まだ顔を合わせてないけど。その叔母が確か晦日にやって来て、あたしに何か買ってくれるというから、一緒に仲町まで出たんだ。うん、帯を買ってもらったよ」

「………」

おりえは黙って仙太郎を見つめている。そして不意に表情を動かした。それが薄笑いを洩《も》らしたように見えて、仙太郎はどきりとした。

「しかし、参ったな」

仙太郎は、首に手をあげて笑った。笑いながら、注意深くおりえを見た。

「叔母はちょっと人眼をひく顔をしているけど、年だぜ。確か、あたしより三つ、四つ上のはずだよ」

「……………」

「いいひとに見えるはずはないんだがな。藤七さんというひとも、とんだ見当違いをしてくれたものさ」

「じゃ、おきぬさんというひとは、どういうひとなんですか」

不意におりえが言った。え、と言ったが、仙太郎は、今度こそ目鼻がばらばらになったような気がした。全身から、どっと汗が吹き出す感覚の中で、仙太郎は眼を伏せ、やがて深くうなだれてしまった。

「仙太郎さんて、嘘がお上手ね。あたし、知ってたんですよ」

おりえの声が遠く聞こえた。そのくせ、下の石垣を叩く川波の音が、ざぶりざぶりと間近に聞こえる。

——もう、おしまいだ。

穴があれば入りたいような恥辱感に苛《さいな》まれながら、仙太郎はうつろな気分でそう思った。おりえとの縁談は、これでだめになるだろう。それだけで済むはずがない。

博奕のことも含めて、事情は家にも、親戚にもやがて筒抜けになる。そうなれば、昔気質の厳格一方の父親が、年上の女と乳繰りあい、博奕場に出入りしていた息子を、許しておくはずがない。勘当されるかも知れなかった。捥《も》ぎたての桃のように白く、いい香りがしたおりえの身体とも、お別れだ。

「ごめんね、仙太郎さん」

不意に、耳のそばでおりえの声がして、仙太郎は、おりえが肩にそっと手を置くのを感じた。だが、仙太郎は顔をあげられなかった。

「嘘つかせて、ごめんね」

「……」

「まだ、誰にも話してないのよ。そのことは、あたしと藤七が知っているだけ」

仙太郎は顔をあげておりえを見た。おりえの顔は、仙太郎のすぐ前にあった。黒い眸《ひとみ》で仙太郎をのぞきこみながら、おりえはうなずいた。大人びた表情だった。

「仙太郎さんに、そのおきぬさんというひとと別れる気があるなら、誰にも言わないわ。藤七には口止めしてあるから、大丈夫よ。口が固い年寄りだから、心配いらないわ」

「おりえちゃん」

仙太郎は、おりえの手を握った。ほっそりした手だった。

「でも、はっきり別れてくれなくちゃ、いやよ」

「わかった。きっと別れる。そうしたら勘弁してくれるかい」

「いいわ。あたしは仙太郎さんが好きだもの」

「済まなかったよ、おりえちゃん」

仙太郎はおりえの手を改めて握りなおした。五日後に迫った押し込みを、仙太郎はいまこわいと思わなかった。百両の金が欲しい、とそれだけ考えていた。そうするしか道がないことがわかっていた。

四

「鏡を、とって頂けませんか」

と静江が言った。

「鏡?」

不意を打たれたように、伊黒は立ち上がった。立ち上がってから、あらためて狼《ろう》狽《ばい》が襲ってきた。

「鏡など、見ん方がいいのではないか」

「そんなに、ひどい顔ですか」

「いや、そういうわけではないが……。さて、鏡はどこにあったかの」

伊黒はうろうろと部屋の中を歩きまわった。だが、静江の記憶はしっかりしていた。

「お茶の間の、茶箪笥の上にございますよ」

「そうか」

伊黒は仕方なく茶の間に入り、手鏡を取ると寝間に引き返した。

「お使いだてして、相済みません、お前さま」

「なに」

伊黒は静江に鏡を渡すと、部屋を出た。

「わしは、飯を支度する」

静江は答えなかった。吸いつけられたように、鏡に見入っている。

——鏡など、見ぬ方がいいのだ。

伊黒は襷《たすき》がけで、米をとぎ、菜を刻み、静江のために買ってきた、鯛の頭を水で洗い、器用に庖丁を入れながら、憤《いきどお》ろしくそう思った。静江はすっかり痩《や》せて、昔の面影はなくなっている。以前はふっくらとしていた頬に、どこに隠れていたかと思うような頬骨が浮き出て、眼は深くくぼみ、眠っているときの顔は老婆に似ている。

だがその痩せて醜く変った相貌《そうぼう》の上を、どうかすると、少女のように清らかな影が通り過ぎることがあった。それは、痛苦から解放されたひとときの間に、ふっと微笑を洩らしたり、気だるげな声音で伊黒に呼びかけたりするときに現われる。

伊黒の胸が、悲しみとも悔恨ともつかない、せつないものに満たされるのは、そういう時だった。静江の身体が、病に朽ち果てようとしているのは明らかだった。同時に魂は、さまざまな抑制を解かれて、限りなく稚いころに帰ろうとしているかに見える。そのようにして、静江は一日一日と、次第に伊黒から遠ざかりつつある、と思われるのだった。

——三年か、たった三年か。

と時おり伊黒は思う。

静江は、伊黒と同じ馬廻組の同僚であり、一刀流の道場で同門でもある室谷半之丞の妻だった。子供が一人いた。三歳になるその子供の病気が、不倫のきっかけになった。

三年前のある日、下城の帰り道に、伊黒は室谷の家に立ち寄った。室谷は出府中で、あとひと月もすれば、江戸詰を終って帰国する予定になっていた。伊黒は、その日城中にとどいていた室谷の消息を持って、寄り道したのである。室谷とは長い間親しくつき合っていて、そういうこともはじめてではなかった。

静江とも、むろん同僚の妻という一線を画しながらだが、へだてなくつきあっていた。静江は普請組《ふしん》の坂崎新兵衛の娘だが、若い藩士たちの噂にのぼるほど美貌だった。だから室谷と静江の祝言のときは、道場仲間が酒宴の席に押しかけ、やっかみ半分に騒いで年寄りたちの顰蹙《ひんしゅく》を買ったりしたのである。

だがその日、伊黒は静江が子供の突然の発熱に顔色を失っているところに行きあわせたのである。あいにく女中が在方《ざいがた》の実家に帰って、静江は一人だった。伊黒は見かねて医者を呼び、手当てさせた。それだけで済ませれば、何事も起きなかったのである。

だが、その夜遅くなってから、伊黒は再び静江をたずねていったのであった。医者騒ぎの間に伊黒は、静江が日ごろ見せたことがない自分を、露《あら》わに伊黒の眼にさらけ出して見せているのを感じた。静江は不用意にそうしているのではなかった。取り乱し、縋《すが》りつく気配の底に、静江は室谷の妻である垣を、みずからの手で取りはずした大胆さをのぞかせていたのである。そのことは、伊黒を抗《あらが》いようがないほど、強く静江に惹《ひ》きつけたのであった。

伊黒を、静江は黙って家の中へ入れた。まだ高い熱がつづいている子供のすぐ脇で、二人はひと言も言葉をかわすことなく、いつくしみ合った。罪を紡《つむ》ぎ出すような結びつきだった。

魔にとらわれたようだったが、二人はそれを運命だと受け取った。室谷半之丞が帰国してひと月目に、二人は城下を出奔した。

――そしていま、静江はここで死のうとしている。江戸の片隅で。

と伊黒は思った。竈《かまど》に火を焚きつけてから、伊黒は寝間に戻った。鏡を受け取ったまま、静江がことりとも音をたてないのが、心配になったのである。

だが静江は静かな顔をしていた。伊黒を見ると、微笑していつもの気だるいような口調で言った。

「ずいぶん痩せてしまって」

静江は胸の上に伏せていた手鏡を、伊黒に渡した。

「まるでお婆さんのようになりました」

「それほどでもないぞ。わしには、そんなに変ったとは思えん」

「そう言って頂くと嬉しいけど。でも、びっくりしました」

「………」

「子供を捨てた罰かも知れません」

「それは、言わぬ約束だった」

「そうでしたね」

静江は伊黒から眼をはずして、寝間の窓から束になって流れこんでいる、日暮れの日射しに眼を移した。

「でも、わたくし悔んではおりません。お前さまのそばで、死ねるのはしあわせです」

「お静」

伊黒は病人の言葉を遮った。静江をこんな裏店《うらだな》のあばら家で死なせたくはない、という気持に衝《つ》き動かされている。伊黒ははじめて金のことを洩らす気になった。

「医者は、海辺の村に行けと言っておる。そうしたら病も癒《い》えようと、な。行くか」

「………」

「すがすがしい場所で、うまい魚でも喰って、波の音を聞きながら養生するのだ。な、行くか」

静江は黙って伊黒の顔をみた。それから微笑した。

「そう出来たら、なんぼ楽しいか知れません。でも、お金が」

「金のあてはある」

伊黒はきっぱりと言った。

「道場の方の知り合いでな。さる屋敷に稽古に出むいてくれれば、まとまった金を前渡ししてもいいという人間がおる。ひき受ければ、二人で海辺で暮らすぐらいには事欠かん金が、手に入るぞ」

押し込みを明日にひかえている仲間のうちで、ある意味では伊黒は、もっとも腹の据《す》わった盗っ人と言えるかも知れなかった。静江はここ二、三日は痛みも間歇《かんけつ》的になり、幾分気分がいいように見える。だが、それが回復を意味しないのを伊黒は鋭く感じている。

静江は次第に食が細くなり、一日一日と衰えてきていた。前夜、伊黒は動けない静江のために下の世話をした。驚いたことに、静江はそのとき、まったく恥ずかしげなそぶりを示さなかったのである。幼児のように伊黒に身体をゆだねただけであった。起き上がれば血を吐く静江のために、伊黒は下の世話をしたが、静江はこれまでそれを恥ずかしがり、伊黒の眼を盗んで這《は》うようにして厠《かわや》に立って叱られていたのである。

喋ることは、まだ尋常だった。だが静江の中で何かがひっそりと死にはじめているのを感じ、伊黒は暗然としたのであった。

——静江は、間もなく死ぬだろう。

伊黒はそう思っている。そして伊黒も、死を恐れてはいなかった。押し込みに加わるぐらいは、何ほどでもないことだった。

五

「ふーん、おくみというひと、ねえ」

女は佐之助の素姓を吟味《ぎんみ》するように、じろじろと眺めまわした。それから眼を佐之助の顔に戻して、そっけなく言った。

「知らないね。うちではそんな子、使ってないよ」

「名前を変えているかも知れないんだがね」

と佐之助は言った。

「年は二十だが、小柄だから十八ぐらいにも見える。どっちかというと可愛い顔立ちで、痩せてる方かも知れないな」

「可愛い？」

女は佐之助を笑いながら睨《にら》むと、馴れ馴れしく、どんと胸を突いた。

「あんた、そのひとをだましたんだろ？　だまして引っぱり込んだけど、逃げられたんだろ？　男って、すぐそれなんだから。あたしなんかもあんた、それでさんざん苦労……」

言いかけて、女はちょっと待って、と言った。肥って真白い腕を上げて、角を曲ろうとしている女の後姿に声をかけた。

「ちょっと、お出かけ？」

「……」

呼ばれた女は、振りむいてにやりと笑ったが、そのまま行くのかと思ったら、引き返してきた。

「これからお出かけ？　遅いじゃないか」

「お出かけってわけじゃないよ。ちょっと通りまで買い物さ」

言いながら、女はじろじろと佐之助を見た。いままで話していた女とは対照的に、固肥りで色の黒い女だった。声が潰れている。潰れた声で、新しい女が言った。

「どうしたの？　このひと」

「人を探してるんだってさ。女の子を」

「あら」

二人の大年増は、顔を見合わせて笑った。肴にされているようで、佐之助はいい気持がしなかった。引き揚げようと思った。

「邪魔したな。じゃ、これで」

「ちょっと、ちょっと」

色の白い女が、おいでおいでするように手を振って、佐之助を引きとめた。

「あんた、おくみっていうひと、知ってるかい？　あんたのところは誰と誰だっけ？」

「おみねとおふじだよ。どっちもぶすだけどね」

「年は？」

「まるで春先の人別調《にんべつしら》べみたいじゃないか。おみねは十六。おふじは二十三だというけど、ありゃどう見たって二十六にはなってるよ。それがさ、二十六ぐらいは行ってるんだろってカマかけても、いいえおかみさん、あたしは二十三ですって澄ましてるんだから、いいタマだよ」

「あの子、そういえば図図しそうに見えるわ。近頃はみんな……」

言いかけて、女はまた佐之助に気づいたようだった。

「それじゃやっぱり、このひとが探してる子と違うわ。このひとが探してるのは、二十ぐらいで、可愛い顔をしてるんだって」

「おや、ま」

と黒い顔の女が眼をむいて見せ、女たちは肩を叩き合って笑った。佐之助は手をあげて、わかったという身ぶりをした。この女たちにかかり合っていたら、いつになって埒《らち》があくかわからない。

「手間とらせて済まなかった。あばよ」

「悪かったね。役に立てなくてさ」

「今度家にも飲みに来てよ。すぐそこだからさ」

と顔の黒い女も言った。少し離れた佐之助が振りかえると、女二人はまだ顔をよせあってひそひそ話していた。片方が、もう一人の耳に押しかぶさるように口をよせて何か言うと、聞いた方が上体をのけぞらして、大げさに驚いた身ぶりをしている。気はいいが、お喋《しゃべ》りな女たちだった。

七ツ（午後四時）下りの路地は、まだひっそりとしていて、人影はその二人だけだった。佐之助は角を曲った。そこにも数軒、似たような構えの飲み屋が並んでいたが、佐之助は中に入っておくみのことを聞く根気を失っていた。

路地は入り組んでいる。日射しは少し濃さを増し、日があたっているところと、影の部分が、くっきりとわかれているのが、秋を感じさせる。日射しはほとんど暑くなかった。むしろ物の陰に、ひやりとした感じが宿っている。

ひとつの角で、佐之助は立ちどまった。そこは突きあたりで、左に曲れば馬道通りに出る。右には、いま通り過ぎてきた路地と同じように、飲み屋、小料理屋が並んでいる。路地はまだひっそりとしていて、一人の男が一軒の店の前で水を掃き出しているのが見えるだけだった。男の灰色の髪が、日に光っている。

見えている路地の、その奥にもうひとつ町がある。そこは飲ませもするが、女たちがそこで肉をひさぐ場所でもあった。前は平気で入って行ったその路地の奥を、佐之助は恐れるように見つめた。

永代寺門前町、永代寺門前仲町、永代寺門前山本町と呼ばれる、馬道通りをはさむ町町を、佐之助はこの間から歩き回っている。どこと確かめはしなかったが、おくみがそこで働いていることは間違いないと思われたからである。だがその町町が抱えている、もっとも淫靡《いんび》な場所には、まだ足を踏み入れていなかった。

そこでおくみと顔をあわせるのが恐いのだった。かりにそんな場所でおくみを見つけたとしても、おくみは戻ると言わないだろうし、無理に連れ戻しても、また逃げ出して今度こそ永久に佐之助から姿を隠すだろう。それぐらいなら、いまのように、いつか戻ってくるかも知れないという、一縷《いちる》の望みを残しておく方がよかった。

佐之助は、うつむいて道を左に曲った。馬道通りに出ると、不意に道は混雑している。どうしたものか、と思案しながら、佐之助は人に促《うなが》されるようにゆっくり道を歩いた。おかめに寄るにはむろん早過ぎた。だが、裏店の家に戻るのも気が勇まなかった。

赤茶けた障子を通して、わびしげに日が射しこんでいる家の中が見える。がらんとして人気《ひとけ》のない家だった。佐之助のそういう感じ方は、おくみという女が来て、そして行ってしまってからのものだった。三年前、きえという女が姿を消したときも、一時はそんな感じがした。しかし長くは続かなかった。

　そのころは悪事が面白くて仕方なかったし、世間の裏で仕事をするには、一人の方が気楽だという気分もないわけではなかったからである。だが奥村の一件で、佐之助は悪事の底をのぞいた気もしている。伊兵衛の言いぐさではないが、いつまでも続けることではなかった。

　堅気に戻ろうとは、佐之助は思っていない。そう簡単に戻れるものでもなかった。しかし奥村の仕事のようでない、もう少しましな仕事がありはしないかと考えるようになっている。

　気持にそういう弾みをつけたのは、おくみだったと思う。だから、がらんとした家が妙にわびしいのだ。

　――お。

　佐之助は擦《す》れ違った眼の大きい男をみて思わず振りかえった。男は一度おかめで顔をあわせ、伊兵衛が岡っ引だといった、芝蔵という男だった。

　佐之助が立ち止まると、後から来た男が突きあたりそうになり、迷惑げに睨んで行ったので、佐之助は瀬戸物屋の店先に身を寄せた。芝蔵は、むろん佐之助には気づかなかったようだ。あまりいそぐ様子もなく、それでいて前方の一点に眼を据えている感じで遠ざかって行く。

——野郎、なにを狙っていやがる？

佐之助は眼を前の方に移した。すると、芝蔵が狙っているものが見えてきた。芝蔵より五、六人先を、がっしりした背を見せて歩いているのは伊兵衛に違いなかった。

佐之助は足を踏み出し、二人とも反対の方に少し急ぎ足に歩いた。明日に迫った押し込みが、いま芝蔵と跟《つ》けられている伊兵衛を見たことで、にわかに緊張を呼びおこしている。今日はおかめには寄らないで、真直ぐ家に帰ろうと思った。今夜は用心することだ。

日が傾いて、巨大な大鳥居の影が町に倒れかかっている。この町が歓楽の刻をむかえる合図のように見えた。町のどこかで、日が落ちるのを待っているかも知れないおくみの顔が、ちらと心をかすめたが、佐之助は町に背を向け、険しい顔をうつむけて鳥居を潜《くぐ》った。

六

次の日の夕方、佐之助は日が落ちる時刻を測《はか》りながら、掘割にかかる橋を幾つか渡って清住町にむかった。

最後の仙台堀にかかる橋を渡って、大川端に出たとき、日は対岸の町のうしろに沈んだところだった。金色にかがやく余光の中に、対岸の武家屋敷の屋根が黒く浮かび、大川の水の上には、靄《もや》のように青白いものが這いまわる気配だった。

仙台藩屋敷の、高い塀の下を北に歩いて行くと、前の方から見覚えのある男が近づいてくるのが見えた。伊兵衛だった。佐之助は一瞬身体がひきしまるのを感じた。伊兵衛は北の小名木《おなぎ》川の方から来たようである。佐之助に気づいたのかどうか、大胆にも川端にある町の自身番の前をゆっくり通りすぎて、佐之助より先に、清住町の町通りに曲るのが見えた。足どりが、すっかり商人になっている。

佐之助が続いて町の中に入った。日が落ちた町通りには、まだ人が歩いている。だが道は幾分薄暗くなっていて、その中でもう店を閉めはじめたところもあった。町を通り過ぎて、海辺大工町との境まで行くと、角の荒物屋の軒下にある天水桶のそばに、伊兵衛が立っていた。

「こうして立ち話をしていても、もう人に見咎《とが》められることはない」

と伊兵衛は言った。

「日暮れどきというものは、みんな気がせいているから、他人など眼に入るもんじゃない。見てな。いまにどんどん人が少なくなる」

伊兵衛はいつもと違って、ぞんざいな口をきき、笑いも見せなかった。町の鼓動を測るように、鋭い眼で通りを見つめている。

伊兵衛が言うとおりだった。町が暗くなるのと競《きそ》いあうように、通りの町家が次次と戸を閉め、間引かれるように通行人の数が少なくなった。佐之助は、ここまで来る間昂《たかま》っていた気分が少し落ちつくのを感じた。

「昨日、芝蔵という奴が、あんたを跟けているのを見ましたぜ」

「知ってるさ。だが、今日はうまくまいてやった。奴はいまごろ馬道通りの鳥居のあたりをうろうろしてるよ」

伊兵衛は無造作に言って、佐之助の顔をのぞいた。

「こわいか」

「いや」

「なに、仕事にかかれば、何ともなくなる。見ろ」

伊兵衛が顎《あご》をしゃくった。近江屋から、男が三人出てきて、肩をならべて川端の方に歩いて行くところだった。

「あれが外働きの連中だ。間もなく向かいの紙屋が店を閉める。それにしても、ほかの連中は少し遅いな」

伊兵衛は呟《つぶや》いた。二人はしばらく黙って左右の町通りを眺めた。そうしていても、ほとんど危険がないのがわかった。伊兵衛が言った逢魔が刻に入ったのか、町にはほとんど人影が見えなくなっている。勤め帰りの人間も、買い物に出た者も、遊んでいた子供も、家に帰りついて、いまごろ外に出ているのは魔だけなのかも知れなかった。薄闇と静けさが町を占めていた。

「来たようだ」

伊兵衛が囁《ささや》いた。東の海辺大工町の方から、人影が三つ近づいてくる。伊黒らしい男が少し先を歩き、その少し後から弥十と仙太郎らしい二人連れが、何か話しながらくるところだった。

突然紙屋が戸を閉めはじめる音がひびいた。

「さて、そろそろだぜ」

と伊兵衛が言ったとき、思いがけない手違いが起こった。川端通りの方から下駄を鳴らして近づいてきた女が、半分戸を閉めた紙屋の店に入って行ったのである。

伊兵衛が舌打ちした。佐之助も身体を固くして、紙屋の店先を見つめた。店の中に灯がともれば、女の買物は長くなるのだ。その間に近江屋が戸を閉めてしまえば、今夜の仕事は流れる。無理だ。

——それとも、紙屋に構わず踏み込むのか。

佐之助は伊兵衛の顔を見た。伊兵衛は険しい顔で紙屋の店を睨んでいる。息づまるような時が過ぎて、不意に女が店を出てきた。すぐに紙屋が残りの戸を閉めはじめ、女は、下駄の音をひびかせて、町と武家屋敷の間の通りを南に入って行った。

振り返ると、後に三人がきていた。伊兵衛はもう一度町を見渡した。今度は近江屋の店の戸が鳴っている。

「さ、かかるぜ」

伊兵衛が低い声で言った。四人は歩き出した伊兵衛の後から、ばらばらに跟いて行った。戸を閉め終った近江屋の小僧が、一度潜り戸から外に出て店の軒のあたりを眺め、また中に入って行った。

内側から半分ほど締まりかけた潜り戸を押し開けて伊兵衛が入ると、そのあとから四人が続いた。暗い土間で、小僧は声を立てるひまもなく、猿ぐつわを噛まされた。その間に四人は頭からすっぽりかぶる頭巾で顔をかくした。頭巾は、二日前におかめに集まったとき、伊兵衛から渡されたものである。眼のところだけが開いている。

伊兵衛は佐之助に小僧を渡すと、自分も頭巾をかぶった。そして小僧を先に立てると、店に上がり、行燈《あんどん》がともっている茶の間に踏みこんだ。茶の間には近江屋の主人と息子、それに番頭の三人がいて、帳面を開いて額をあつめていたが、踏みこんできた異様な風体の男たちを見て、ぎょっと居ずまいを直した。

「声を立てるな」

と伊兵衛が威嚇《いかく》した。その間に、伊黒が茶の間を抜けて裏口に出て行った。逃げ出す者がいないよう見張るためである。二十三、四に見える息子が、青ざめた顔をあげて言った。

「あなた方、何の用ですか」

「見たとおり、泥棒だ」

伊兵衛が言って、匕首《あいくち》を出すと、三人は恐怖にこわばった顔をして黙りこんだ。漸《よう》く主人が顫《ふる》え声で訴えた。

「金なんぞはございません。ごらんのとおりの小さい店でして」

「そいつは後の話だ。ほかに人がいるだろう。案内しな」

伊兵衛の眼配せを受けて、佐之助は自分も懐から匕首を出すと、息子に突きつけて立たせた。息子を先に立てて、二階から二十過ぎの若い奉公人、奥の部屋から近江屋の女房を連れ出して、佐之助が茶の間に戻ると、伊兵衛と仙太郎と弥十は、もう茶の間に残っていた三人を縛っていた。足もとに輪にした荒縄があるのは、店から持ってきたのだろう。彼らは、あとからきた三人の手足も縛った。

「一人足りねえぜ」

縛られた足を投げ出している六人を見て、伊兵衛が言った。近江屋の女房は、すすり泣きをしている。

「女中がいるはずだ」

「誰もいませんでしたぜ」

と佐之助が言った。頭巾に遮られて、彼等の声はくぐもって聞こえる。

「台所に行ってみたか」

「見た」

「おい、女中はどこだ？」

伊兵衛が匕首の腹で、息子の頬を叩いた。

「外に出ています。親戚に使いにやりましたから、今夜は戻りません」

「ほんとうか？」

「ほんとうです」

「よし。お前、念のためにもう一度家の中を調べて来い」

伊兵衛は仙太郎に眼配せして言った。仙太郎が出て行くと、伊兵衛は近江屋の主人の前にしゃがんだ。

「金はありませんなんて、嘘ついちゃいけないよ、旦那。集めた金があるだろうが」

「あ」

近江屋の主人は、顔を引きつらせた。

「それはいけません。それだけはご勘弁願います」

「どこに置いてある？」

伊兵衛は、主人の哀願には取りあわずに、顔をつきつけて言った。

「それは、言えません」

「言わなきゃ、こうだ」

伊兵衛は畳にぐさりと匕首を突き立てた。女房が鋭い悲鳴をあげた。

「奥座敷の、長持の中」

「よし、みんなに猿ぐつわを嚙ませろ」

言い捨てた伊兵衛は茶の間を出て行った。佐之助と弥十、それに戻ってきた仙太郎の三人は、押し入れから浴衣を探し出すと、引き裂いてみんなに片っ端から猿ぐつわを嚙ませた。

すると、間もなく伊兵衛が伊黒をともなって帰ってきた。右手に重そうな風呂敷包みを抱えている。

「終ったぜ」

と伊兵衛が言って、手で出ろと合図した。仙太郎、弥十、伊黒の順に一人ずつ茶の間から店に降りて行った。あっけなく終ったように見えたが、佐之助は気がつくとぐっしょり汗をかいていた。

「この連中は、こうしておくんですかい？」

「こうしておくさ。明日の朝になれば、雇人が来て見つける」

言ってから、伊兵衛は行こう、という身ぶりを示した。茶の間の障子を閉めて、二人は店に出た。店も土間も暗く、しんとしている。先に出た三人は、もう路地に出たようだった。来たときと同じように、ばらばらに帰る約束である。そして二月《ふた》の間、それぞれの町でひっそりと待つわけだった。土間に降りて、佐之助と伊兵衛は頭巾を脱いだ。

するとそのとき、いきなり外から潜り戸が開き、人が入ってきて提灯《ちょうちん》の光がまともに二人の顔を照らした。一瞬二人は棒立ちになって、提灯を持っている人間を見た。若い女だった。女の方も驚いたようだった。茫然と立って二人を見ている。

すぐに顔をそむけて、伊兵衛が叫んだ。

「その女を殺せ」

その声に、女も異変を覚ったようだった。提灯を投げ捨てて、店の横の物置き部屋の方に走った。佐之助がその後を追った。伊兵衛が燃えあがった提灯を踏みつぶしたので、店と土間は前よりも暗くなった。だが、佐之助は女を追いつめて、その腕を摑《つか》んでいた。

「どうした？　殺《や》ったか」、

「だめだ。逃げられた」

「逃げられた？　ばか言え」

伊兵衛の声が近づいてきた。佐之助は、女の肩を抱いてかばった。闇の中に、記憶にある女の肌の香が匂う。女は三年前に姿を隠したきえだった。

「おい、どうした。女はそこにいるんだろうが」

伊兵衛はすぐ近くまできていた。何かにつまずいたらしく、暗闇の中に物の倒れる音がした。きえが佐之助にしがみついた。

「どうしたい？　殺れよ」

「………」

「おめえに殺れなきゃ、俺がやるぜ」

「よせ」

佐之助は鋭い声で言った。

「この女はよせ」

「何だって言うんだ？　なんで殺れねえ」

「何でもいい。そこから近づくな。手を出したら、あんたを刺す」

「ふ」

と、伊兵衛は鼻で笑ったようだった。しばらく黙ったが、再び粘りつくような声で言った。

「わけ、話しな。どういうことだい？」

「知ってる女だ」

佐之助がそう答えたとき、茶の間で人の叫び声がした。誰かが猿ぐつわをはずしたらしかった。

「ど素人が！」

伊兵衛が、凄味のある声で吐き捨てた。だがその声は少し遠くなっている。手に重い金を提げていて、暗闇の中では自由がきかない。伊兵衛はあきらめて逃げる気になったようだった。また少し遠くなった声が、罵《ののし》った。

「そいつが、てめえの命取りになるだろうぜ」

潜り戸に音がした。伊兵衛が外に出たようだった。佐之助は、きえから身体を離して囁いた。

「ひとりで外歩きをしねえ方がいいぜ。あいつはしつこい奴だ。それに、俺とあいつのことは、人に話さねえ方がいいな。話せばお前さんも面倒にまきこまれる」

きえは黙っていた。佐之助は闇の中を手探りに潜り戸のほうにむかった。突然にきえに会った驚きが、まだ胸を去らなかった。

七

「五人だったんだな」

同心の新関は、近江屋の主人吉兵衛に念を押した。心の中に驚きがあった。押し込み盗賊の届けがあったとき、新関はとっさに伊兵衛がやったと思った。ひと通り事情を聞き取ってみて、その確信はゆるぎないものになっている。

日暮れに押し入ってきたこと、人を傷つけたりしていないことなど、すべてが伊兵衛の仕事として新関の念頭にあるやり口に合致している。伊兵衛は新関が懸念したとおり、近江屋に押し入って六百五十両という大金を奪い去ったのだ。

だが、新関の驚きは、べつのところにあった。伊兵衛は、いつの間に四人もの仲間と繋《つなが》りをつけたのだろうと思ったのだ。

「どんな連中だったか、話してくれんか」

「どんなとおっしゃられましても……」

吉兵衛は、困惑したように一緒に坐っている女房と息子をふりむいた。

「なにしろ、みんな頭巾をかぶっておりまして、それにこちらはすっかり気が顚倒《てんとう》しておりましたから……」

「よくわからんわけだ。そっちはどうだね」

新関は女房と息子にも水をむけた。

「二人は年輩の男のようで、ほかの二人は若いように思いました。はっきりわかったわけじゃありませんが、なんとなくそんな気がしました。若い方の一人は肥っていたように思います」

と息子の由蔵が、考え考えそう言った。

「しかし、そんなことは、何の役にも立ちませんでしょう」

「いやそうでもねえよ」

と新関は言った。

「あと一人はどんなふうだったね」

「あ、言い忘れましたが、もう一人は侍でした」

「侍だって？」

「ええ。そうだったな、とうさん」

由蔵は興奮したように父親を振り返った。

「さあ、あたしはただこわくて、あまりよく見ていなかったから」

「思い出しました。その侍は、中に入るとすぐに裏の方に行ったんですよ。だからちょっと見ただけですが、確かに刀を差した侍でした」

由蔵は勢いこんで言ったが、新関の冷静な顔をみると、気落ちしたように呟《つぶや》いた。

「侍といっても、沢山いますからね」

「いや、いいことを聞かせてくれたよ」

と新関は言った。泥棒仲間の中に、武家が入っているのか、と思った。そう思ったとき、新関は突然眼から鱗《うろこ》が落ちた気がした。

――そうか、伊兵衛の仲間は素人なのか。

堀川町の岡本屋が襲われたあと、新関はかなり丹念に盗っ人気のある人間を調べて回ったが、伊兵衛と繋《つな》がりがある人間は浮かんで来なかった。彼らは伊兵衛を知らなかったのである。

それはじっさい不思議な話で、それで伊兵衛に対する疑惑が解けるということはなかったにしろ、新関の頭の中に、絶えず割り切れない感じを残していたのも事実だった。その謎が、いま解けたと思った。仲間が素人だとすれば、辻つまは合う。

――狐野郎！

新関は心の中で罵った。相手はなみなみでない狡猾《こうかつ》さを身につけている古狐のようだった。どんな口説を使ってか知らないが、伊兵衛は、素人を誑《たぶらか》して押し込みをさせているのだ。

なぜそうしたかは、はっきりしている。盗み、傷害などで奉行所に引っぱられたことのある男たち、あるいはいま現在、確かに盗みを働いている形跡があるが、証拠がなくて止むを得ず野放しにしている、そういう男たちは、眼をつぶれば顔が浮かんでくる。だが素人は、仕事を終って一たん人に紛れてしまえば、そのあたりにいる人間とまったく見分けがつかないのだ。

——長くなる。

新関は気落ちを感じながら、そう思った。芝蔵の手先をふやして、いままでよりさらに厳しく伊兵衛を監視させる。そして接触してくる人間を残らず洗い立てる。そのぐらいしか手がないようだった。今度も伊兵衛は、何ひとつ証拠を残していないのだ。新関は腕を組んだ。芝蔵がいま、伊兵衛の家を見に行っているが、それも収穫はあるまい。

廊下で女の声がし、息子の由蔵が、新関にことわって部屋を出て行った。そのまま、由蔵は廊下で立ち話をしている。その声が急に高くなった。

「どうしてさっき、それを言わなかったんだね」

勢いよく障子を開けて、由蔵が部屋に戻ってきた。女の手をしっかり握っている。女は女中のきえで、新関はさっき一度きえからも事情を聞いている。この女中が、ゆうべ使い先から戻ってきて、縛られているみんなの縄をといたのである。

「旦那さま」

由蔵が興奮した口ぶりで言った。

「きえが、ゆうべの押し込みの顔を見たそうです」

「……」

新関はじっときえを見た。さっきもそう思ったが、細面のなかなかきれいな女である。

「さっきは言わなかったな」

きえは黙ってうつむいている。

「見たというのは本当か」

「はい」

「奴ら全部かい？」

「いえ、二人だけです」

「どんな奴だったね」

「一人は五十ぐらいで、こわい顔をした男でした」

伊兵衛だ、と新関は思った。胸が躍《おど》りそうなのを押さえて聞いた。

「もう一人は？」

「若い人でしたが、もう一人のひとほどよくは見ていません」

「顔をつき合わせればわかるかな？」

「はい。わかると思います」

「さっきはどうして言わなかった？」

「恐ろしくて。でも……」

きえは吉兵衛をちらと見た。

「お金が戻らないと、困りますから」

「もちろんだよ、きえ」

と吉兵衛が言った。吉兵衛はまだ青い顔をしている。

「あの金が戻らないと、あたしは首をくくるしかありません。さ、新関さまに全部言ってしまいなさい」

「恐ろしいことはないぜ。奉行所がついている。よし、くわしく話してもらおうか」

女が、連中を見たというのは本当らしいと思った。新関は不意に胸が波うつのを感じた。ついに、狐の尻尾をつかまえたぞ、と思った。

四半刻ほどして、外から帰ってきた芝蔵と一緒に、新関は近江屋を出た。

「伊兵衛を見たんですか」

新関の話を聞くと、芝蔵はびっくりしたように立ち止まった。二人は大川端に出ていた。川波に秋めいた日射しが砕け、道には何ごともなさそうに人が往きかっている。

「それだったら旦那」

芝蔵は大きな眼を一そう大きくして言った。

「その女中を連れて、伊兵衛の家へ乗りこめば、奴を捕えられるんじゃありませんか」

「俺もそう思ったが、相手は劫《ごう》を経た悪党だ。あくまで白を切られると厄介なことになる」

「じゃ、どうしたらいいんです？」

「少し泳がせておいて、動かねえ証拠を摑《つか》む必要がある。そいつを、これからお前の家に行って相談しよう」

「へい」

「むこうは、手配してきたか」

「へい。若い者二人に、ぴったり見張っているように言いつけて来ました」

ちぎれた鎖

一

額の手拭いを換えると、伊黒は腕組みして、また静江の顔を見まもった。行燈の光に、幽鬼のように瘦《や》せた静江の顔が浮かびあがっている。眠っているのではなく、静江の眼は、瞬きもしないで天井を見上げている。だがその眼が、何かを映しているかどうかはわからなかった。荒く切迫した呼吸だけが、部屋の空気を乱している。

静江の容態が急変したのは、日暮れだった。台所にいた伊黒を、静江が鋭い声で呼んだ。あわてて行ってみると、枕もと一面が、喀《は》いた血で濡れていた。そして、そのあとに恐ろしい悪寒がきた。静江の身体は、布団の上から押さえつけた伊黒が、押さえきれないほど激しく顫《ふる》えつづけたのである。

そして高い熱が襲ってきた。その熱の中で、はじめ静江はむしろ心地よさそうに眼をつぶっていたのだが、いまは眼を開いて、暗い灯が染める天井を見上げている。ひと言も口をきかなかった。

――そろそろ、四ツ半（午後十一時）か。

静江の白く乾いた唇を見ながら、伊黒は早く夜が明けてくれればいい、と祈るように思った。夜が明ければ、少なくともそこに新しい一日がある。

重い疲労が、伊黒をしっかりと把えている。静江の手当てをし、畳に飛び散った血を拭きとり、布団の上の汚れには、白い手拭いをあてた。疲労は、そうして立ち働いたためではなかった。恐らく、罪にいろどられて静江とむつみあったそのときから、伊黒の疲労が始まったのである。

伊黒は時どきうとうととした。そしてはっと目ざめては静江の容態を確かめ、額の手拭いを換えた。

その呼び声に気づくまで、伊黒は胡坐《あぐら》の上に頭を垂れて、少し眠ったようである。静江に呼ばれたと思って目ざめた。習慣的に手をのばして額から手拭いを取ると、それは湯のように熱くなっている。伊黒はあわただしく静江の顔をのぞいたが、すぐに眉をひそめた。様子が一変していた。静江は眼を閉じ、少し開いた口から、短く弱よわしい息を洩らしている。一見穏やかに眠っているようにも見えたが、そうでないことは、薄い小鼻の喘《あえ》ぎをみればわかった。

静江の顔にあらわれているのは、死相だった。伊黒は静江から顔をはなし、太い吐息を洩らした。そして盥《たらい》に手拭いを捨てた。そのとき、また伊黒を呼ぶ声がした。ほとほとと戸を叩き、「ごめん」と言っている。

伊黒は立って蠟燭《ろうそく》をとると、行燈から灯を移して上がり框《かまち》に出た。土間に降りて戸を開くと、闇の中に男が立っていた。旅支度に装った室谷半之丞だった。

「やっと探しあてたぞ」

と室谷が言った。室谷は、肥り気味の体軀はそのままだったが、着ているものはひどく汚れて、長い旅をしてきたことを物語っている。伊黒を見る眼に、険しさはなくてむしろ陰鬱《いんうつ》な光を浮かべている。

「よく、わかったな」

と伊黒は言った。伊黒の胸は、警戒ではなく不思議な懐しさに満たされていた。

「一時はあきらめたが、運があった」

「………」

「刀を持って、外に出ぬか。勝負しよう」

「いまか」

「そうだ。いますぐだ」

はじめて、室谷が険しい声を出した。

「間もなく月がのぼる気配だ。斬り合うのに障《さわ》りはないぞ」

「ちょっと待て」

と伊黒が言った。

「待てとはどういうことだ。臆したか」

「臆しはせん」

伊黒は強く言い返した。

「いま、静江が死にかけている」

「……」

「看取《みと》らねばならん。朝まで待て」

「嘘ではないな」

「嘘を言ってどうなる。貴公がくることは、かねて覚悟していたことだ」

伊黒が言うと、室谷はうなずいて、わかった、その戸を閉めろと言った。

戸を閉めて寝間に戻ると、伊黒は病人のそばに胡坐をかき、また顔を見まもった。してやることは、もう何もなかった。静江の命が、細ぼそと最後の燃焼をつづけているのを、見ているだけだった。物音もない夜の気配の重さが、伊黒を苛《さいな》みつづけた。

静江が息を引きとったのは、障子に微かに朝の光が這い寄って来たころだった。

命が燃えつきたのだった。死に顔は、生きていたときよりも穏やかで、面変りしている中に、どことなく昔の面影が戻ってきたように見えた。

四半刻ほど、伊黒は凝然と死者の顔を見まもった。心の中に、わたくし悔んではおりません、という静江の声が鳴りひびいた。そして伊黒は、その声とひびきあう自分の歔欷《きよき》の声を聞いていた。

伊黒は静江の顔を白布で覆うと、行燈を吹き消した。すると部屋の中に青白い光が流れ込んできた。その光の中で、伊黒は手もとに残っていた三両ほどの金を紙に包み、その紙包みに大家の名前を記して茶箪笥の上にのせた。いざというときの始末料のつもりだった。それから帯をしめ直して台所に出ると、刀の柄に霧を吹いた。

伊黒が戸をあけると、戸の前からのっそりと人が立ち上がった。室谷半之丞だった。室谷はそこにうたた寝して、夜を明かしたようだった。昨夜は気づかなかったが、室谷は日焼けして、無精髭がのびている。鋭い眼で伊黒を見ながら、身構えるようにゆっくり後にさがった。

「死んだ」

「………」

「見るか」

と伊黒は言った。すると室谷がゆっくり首を振った。

「女は、知らん。俺は上意で脱藩者を斬りに来ただけだ」

「そうか。わかった」

と伊黒は言って先に歩き出した。二間ほど間をおいて室谷が続いた。町は、白い霧のような光が漂っているだけで、あちこちにまだ夜の暗さが残っていた。町はまだ眠りからさめていなかった。

二人は河岸に出た。まだ暗い川波のむこうに、黒江町の町と久中橋がぼんやりと浮きあがっている。

伊黒が立ち止まると、室谷がすばやく背負った風呂敷包みをとき、羽織をぬぎ捨てた。

「久しぶりだな、伊黒」

と室谷が声をかけた。それが合図になって、二人は刀を抜いて構えた。

はじめに斬りかけたのは室谷の方だった。思い切った踏みこみで、小手を撃ち、続けて肩を撃った。伊黒は最初の打ちこみをかわし、第二撃を強くはね返した。同時に僅かに崩れた室谷の体に、すさまじい突きを送ったが、室谷は辛うじて体をひねってかわした。

この一合のあと、二人は弾かれたように遠い間合いをあけて睨み合った。が、またするすると間合いを詰めたのは室谷だった。伊黒は動かなかった。足幅を僅かに広く取り、室谷が斬りこむ寸前、構えを八双に変えた。

二人が同時に発した気合いが、川波にひびいた。室谷の剣は伊黒の胴を深ぶかと斬ったが、伊黒も室谷の左肩を斬り下げていた。砂を嚙んで室谷の身体が地面にのめった。

室谷が、腕を突っぱって一度身体を起こそうとし、しかし起き上がれずにまた頭からのめり、そのまま動かなくなるのを、伊黒は立ったまま眺めた。だが歩き出そうとしたとき、伊黒は転んだ。斬り裂かれた脇腹に手をやると、そこからはみ出した腸が手に触れた。灼熱が伊黒の身体の中を駆け回っていた。伊黒は片手に腸を摑《つか》みながら、片手で地面を掻いた。静江のそばに帰らなければならないと思っていた。

だが、一尺ほど地面を這っただけで、伊黒の動きはとまった。意識が暗くなる寸前に、伊黒は静江と行くはずだった、海辺の村にひびく波の音を聞いたようだった。

二

帳場に坐って、そろばんを入れていた仙太郎は、表に誰かが立ち止まった気配に何気なく顔をあげた。そして顔色が変った。おきぬが立っている。立っているだけでなく、仙太郎が気づいたと知ると、身体をくねらせて笑いかけた。

仙太郎はぞっとして店を見渡した。幸いに番頭の重吉も二人の小僧も、まだ気がついていない。重吉は愛想笑いをしながら、女客二人に掻巻《かいまき》をひろげて見せているし、小僧二人は、店の奥の棚から品物をおろしている。

仙太郎は帳場から出て、店を抜け出した。そのまま脇目もふらず町を抜けて、油堀の岸まで出た。後からおきぬの足音がついてくるのはわかっている。河岸のはずれまで行って、仙太郎は振り返った。勢いよく仙太郎は言った。

「ああいうことされちゃ困るんだよ、おきぬさん」

「困るって、どういうこと？」

「店をのぞいたりされると、困るんだよ」

「でも、あんた。このごろ来てくれないじゃないの。だからどうしているかと思って、見に来たんじゃないか」

おきぬは眼に媚《こび》を含ませ、身体をくねらせた。仙太郎はぞっとしてあたりを見回した。幸いに人通りは少なく、二人を眺めて通る者もいなかった。

「ねえ、いったいどうしたというの？」

おきぬは、ゆらりと腰をくねらせて近づいた。八ツ（午後二時）過ぎの明るい日射しが、厚化粧の下に隠してある無数の小皺を、無残に浮かび上がらせている。仙太郎は眼をそむけた。

「あたしがいやになったの？」

「そうじゃないよ」

「じゃ、どうしたの？」

「店がいそがしくて、行けなかったんだよ。一段落したら行くつもりだったんだ」

「そう」

おきぬは、仙太郎をじっと見た。その眼には、依然として眼をそむけたくなるような媚がある。

「でも、こんなに長く会わないのはいやよ」

「……」

「今日きてくれる？」

「今日はだめだよ。ああして店を手伝っているんだから」

「今日きて」

執拗《しつよう》な口調でおきぬは言った。仙太郎は抗《あらが》うようにおきぬを見たが、すぐに力なく顔を伏せた。無理に抗ったりすれば、何をやり出すかわからない女なのだ。

「きてくれる？」

「……」

仕方なく仙太郎はうなずいた。するとおきぬはぱっと笑顔になった。

「待ってるわ。じゃあたし、じゃましないで帰る」

おきぬが遠ざかるのを、仙太郎はぼんやりと見送った。豊かな腰だったが、その後姿に仙太郎は何の魅力も感じなかった。肌がざわめくような嫌悪感があるだけだった。女の部屋になんか、行きたくないと思っていた。おりえに対する義理立てばかりではない。それもあるが、嗅《か》ぎなれた女の匂いがこもる部屋に入り、女が布団を敷くのを眺め、その上で抱きあうことを考えると、やりきれない気がした。二度とごめんだ。

――けりをつけなきゃ。

焦燥感に駆られて仙太郎はそう思った。だがけりをつけるといっても、空手で行って別れてくれと言ったところで、女が承知するはずはないのだ。金が要る。むろんはした金で埒《らち》あくわけはない。女が眼をむくような金を積みあげ、その上で話を切り出すしかないのだ。

――伊兵衛に会ってみよう。

会って、伊兵衛にかけ合ってみよう、と仙太郎は思った。押し込みから二十日ほど経ったばかりで、かけ合っても伊兵衛がすぐに承知するとは思われないが、事情を打明けて頼めば、一人分ぐらいは何とかしてくれるかも知れないという気がした。

どうせ、あとひと月半もすれば手に入る金だ。いまかけ合って悪いはずがない。

そう思うと、仙太郎は一縷《いちる》の望みを見出した感じで、思わず溜息を吐《つ》いた。

一たん店に戻って、番頭の重吉に外に出てくると告げてから、仙太郎は家を出た。伊兵衛が住む冬木町は、油堀の対岸、蛤《はまぐり》町の北だが、そこに行くには黒江町に出て、西から行くか、三十三間堂の横に出て、永居橋を渡り東の大和町から入って行くかしかない。いずれにしても、一たん馬道《うまみち》通りに出て、大きく迂回するしかなかった。

仙太郎は富ヶ岡八幡宮の境内に沿って、馬道通りまで出ると、東にむかった。途中から三十三間堂の境内を抜けて宮川町に出、永居橋に出た。油堀は、このあたりでは十五間川と呼ばれている。

大和町の河岸を、北に仙台堀まで歩き、さらに堀脇を西に行って、井伊掃部頭《かもんのかみ》抱え屋敷の敷地脇から冬木町に入った。このあたりは、まだ畑地が多く、あちこちに百姓家が散在している。一軒の百姓家の庭には、鈴なりになった柿の実が色づきはじめていた。

冬木町という町の見当はついていたが、たずねるのは初めてだった。仙太郎はなんとなく心細い気がしたが、町家が並んでいるところに出て、米屋で伊兵衛の名を言うと、すぐにわかった。伊兵衛は、このあたりではちゃんと金貸しで名が通っていて、仙太郎を驚かした。

米屋で教えられた道を歩いて行くと、雑木林に囲まれた伊兵衛の家が見えてきた。生垣の間に枝折り戸がはさまっていて、そこから入るようだった。伊兵衛の家は、つくりは町のしもた屋風だが、雑然とした雑木林の中に建っていて、百姓家のように見えた。生垣の上から見える庭も、やや枯色がみえる雑草が伸びほうだいで、荒れていた。雑草の間を、細い道が玄関まで続いている。

枝折り戸を開けて、中に入ろうとした仙太郎は、いま歩いてきた道に、何かが動いたような気がして足を戻した。だが何も見えなかった。片側に畑地、片側に雑木林が続く道が、秋の日に照らされているだけだった。

仙太郎をみると、伊兵衛はしばらく黙って上から見おろすようにしたが、やがて「お上がりなさい」と言った。いつもの愛想のいい笑い顔は見せず、気むずかしい表情をしていた。障子を開けはなした座敷に通されると、さっき玄関に出迎えた、伊兵衛の女房と思われる女が、お茶を運んできた。女は無口そうで、仙太郎には何も言わなかったが、感じのいい笑顔を残して部屋を出て行った。

「さて、何の用ですか」

二人きりになると、伊兵衛がやはり気むずかしい顔で言った。ひどくよそよそしい感じが、仙太郎を居心地悪くした。

「じつは困っているんです」

仙太郎は、おどおどした口調で切り出した。

「例の女のことが砂田屋に知られてしまったもので、あたしはしばらく行かなかったんです。ところがおきぬが今日、店にやってきて……」

「おきぬ？」

伊兵衛は仙太郎をじっと見た。

「ああ、あの女。それで？」

「今日やってきて、また来いって言うんです。行かなかったら、何をやるかわからない女なんだ、あいつは。そうかといって、行けば身の破滅です。あたしは親爺から勘当されるかも知れません」

「……」

「何とかしてもらえませんか、伊兵衛さん」

「何とかしろというと、金を貸せということですか」

伊兵衛はやはりよそよそしい口調で言った。冷たく仙太郎を眺めている。

「そうじゃありませんよ。厚かましい話ですが、あたしのもらい分の百両。それをいま何とかしてもらえないかと言ってるんです」

「それはだめですな」

伊兵衛はあっさり言った。

「あの金は二月《ふた》後にお上げする約束です。そのときになったら、間違いなくお渡ししますが、いまはだめです」

「そこを何とか出来ないかと、お願いしているんです」

「何とも出来ません」

「それじゃ、百両貸して下さい」

仙太郎はやけくそになって言った。

「百両借ります。あとでお払いすれば文句ないでしょ？」

「むろん利息をつけてお払い頂けば、文句はありませんが、担保はありますか」

「担保？　あたしのもらい分を担保にしてくれたらいいじゃありませんか」

だが伊兵衛は答えなかった。冷たい眼で仙太郎を眺めている。その眼を見ているうちに、仙太郎は伊兵衛という男と知り合ってから、はじめてともいえる、悪心が心の中に芽ばえるのを感じた。追いつめられたあげく、ふっと心に浮かんだことだった。

仙太郎は、姿勢を立て直し、少し青白い顔になって言った。

「担保は、ほかにもありますよ、伊兵衛さん」

「……………」

「あたしの口です。恐れながらとあたしがひと言喋《しゃべ》ったらどうしますか？」

伊兵衛は同じ表情で、仙太郎を眺めつづけている。しばらく睨み合いが続いたが、やがて眼をそらし、だんだん顔を伏せたのは仙太郎の方だった。

「おわかりのようですな。あんたにそんなことが出来るわけがありません」

とどめを刺すように、伊兵衛が言った。

「言えば、一蓮托生《れんたくしょう》ですよ。あんたも捕まり、あんたの家も潰れます」

「あたしは、どうしたらいいんですか」

うつむいたまま、仙太郎はうちひしがれた声で言った。

「あんたの分別《ふんべつ》でやるしかありませんよ、仙太郎さん。あんたの考え方に、ちょっと誤解があるようだが、あたしたちはもう仲間じゃないんだ。仕事は終って、仲間を解いたのです」

「………」

「だから、あたしに言えるのは、お約束した金は、あとひと月とちょっとしたら、あんたの手に入るということだけです」

「………」

「じつを言うと、今日あんたはまずいことをやったんだ」

「………」

「この家は、このところお上に見張られていましてな。たずねて来る人間は、片っぱしから眼をつけられることになっている。気がつきませんか、外に誰かいたはずですよ」

仙太郎は顔をあげた。さっき枝折り戸を入るとき、道に何かの気配がしたことを思い出していた。禍《まが》まがしいものに、いきなり肩を摑まれたような恐怖がこみあげてきた。

「あたしも念を押さなかったのは悪かった。だが、ここへ来ちゃいけないぐらいは、言わなくともわかっていると思ってましたよ」

「どうしたらいいんです？　あたしは捕まるんですか？」

「なに、そんなに心配することはありませんよ。すぐに捕えたりはしません。何しに行ったと聞くぐらいのものです。そうですな……」

伊兵衛は思案するように首をかしげた。それから仙太郎を安心させるように、にこにこと笑った。

「そうだ。全部言ってしまいなさい。それがいい」

「……？」

「おきぬ、でしたな。その女のことも、砂田屋のお嬢さんのことも、言ったらいい。それで女と別れるために、金がいるのであたしのところに借りに来たと言うんです。お上に嘘をつくわけじゃない。ほんとの事なんだから言えるでしょう。ただし百両借りるなどと言っちゃいけません。聞いた方がびっくりしますからな。十両ぐらいにしておきなさい」

仙太郎は立ち上がった。結局伊兵衛に会っても何の収穫もなく、新しい心配まで背負って帰るわけだった。おきぬが待っているだろうと思うと、仙太郎の気持は暗くなった。

その背に、伊兵衛の優しい声がひびいた。

「くれぐれも忘れないでくださいよ。あんたは、もう仲間なんかじゃないんだ。ただ金を借りに来ただけです」

三

道に出て来た若い男が、ひとしきりきょろきょろとあたりを見回したあと、雑木林の角を曲って消えると、芝蔵は手先の背を押した。

「跟《つ》けろ。奴の素姓を突きとめてきな。だが本人には何も言うんじゃねえぜ。後で俺が聞く」

わかりました、と言って柳助が出て行くと、芝蔵はもう一度畑の中の隠元畑の畝《うね》の間に蹲《うずくま》った。

芝蔵は、その若い肥った男が、半刻ほど前伊兵衛の家に入るところもみている。入るときも出てきたときも、どことなく挙動に胡乱《うろん》なところがみえて、芝蔵は出来れば自分が跟けたかったが、我慢した。芝蔵には大事な仕事が残っている。

伊兵衛が、このところ連日外に出ているのだった。それも前のときとは違って、日暮れからこっそりと町に出る。それがどこへ行くのか、いっこうにわからないのだ。むろん手先の柳助と兼吉が見張っているから、すかさず後を跟けるのだが、二人とも途中で巧妙にまかれてしまう。

話を聞いて二人を叱りつけると、芝蔵は自分で跟けてみた。だがたそがれの町の中で、芝蔵自身もまかれてしまったのである。二度まかれている。芝蔵は、今夜こそ相手の踵《かかと》を踏みつけるようにして、ぴったりと喰いついて行くつもりでいた。

胡乱な感じがする若者も気になるが、芝蔵には伊兵衛の行先がもっと気になる。近江屋の押し込みが、新関が言うように伊兵衛の仕事なら、伊兵衛は本来なら今時分、家の中にじっとしているはずである。それがひんぱんに外に出、それも跟けられているのを承知でそうしているからには、何かあると芝蔵は思っていた。相手は新関が望んだように、泳ぎはじめたのだ。ただ行方も摑《つか》めないのでは、何にもならない。

肥やしくさい畑の畝の間に二刻もしゃがんでいると、四十を過ぎた芝蔵は腰が疼《うず》く。だが伊兵衛が外出するわけは、芝蔵にはまだ何の見当もついていない。それは自分の眼で確かめるしかないのだ。枯れて黄色くなった隠元畑の葉の間から、芝蔵は時どき伊兵衛の家をのぞき、ついでに空を仰いで日が移るいろを確かめる。

芝蔵が、そうして腰をさすりながら伊兵衛の家を見張っている間に、仙太郎は陽岳寺の裏手にかかる江川橋を渡り、平野町に出ていた。伊兵衛の家を出たところで誰かにつかまり、咎《とが》められるのでないかと心配したが、そういうこともなかったので仙太郎はほっとしていた。

だが人通りの多い平野町の道に出て、閻魔《えんま》堂《どう》橋を対岸の一色町と黒江町の方に渡るころから、仙太郎の胸は、別の重苦しいもので占められてきた。むろん自分を待っているに違いない、おきぬのことを考えているのである。会ってどうするとも心が決まっていなかった。ただ眼に見えない鎖に曳《ひ》かれているように、重い足を運んでいるだけだった。

仙太郎は、さらに黒江川を奥川町にわたった。その河岸で五日ほど前、侍同士の斬り合いがあり、その斬り合いで、一緒に近江屋に押し入った伊黒清十郎が死んだことを仙太郎は知らない。何気なく通りすぎた。

中島町のおきぬが部屋を借りている家にきたとき、あたりはもう薄暗くなっていた。階下には年寄り夫婦が住んでいるが、おきぬの部屋に行くのに断わりはいらない。裏口から台所に入ると、そこから梯子《はしご》が二階にのびている。

部屋に入ると、仙太郎は眼を瞠《みは》った。行燈に灯が入り、その下に膳が出て、酒の用意がしてあった。鏡の前で顔をなおしていたおきぬが、振りむいて笑いかけた。

「遅かったじゃないか。もう来ないかと思った」

「あんなふうに、店をのぞきに来られたんじゃ、来ないわけにいかないよ」

仙太郎は不機嫌に言った。うまく別れるためには、この女の機嫌を損じない方がいいとわかっているが、こちらの気持にお構いなしに酒の支度まで出来ているのをみると、自然に声が尖《とが》った。酒は嫌いではないが、いまは一緒に飲もうという気分ではない。

それに最近、おきぬは自分の部屋で酒を出したことなどないのだ。知り合ったはじめの頃はそういうこともあったが、狎《な》れ親しむとそういう無駄なことはしなくなった。それがいまごろになってもてなしたりするのはどういうことだ、と仙太郎の心は猜疑《さいぎ》に傾く。やはりおきぬは何かを感づいたのだ、と思わないわけにはいかない。

あんたが別れたがっているのを、もう知っていますよ、知っているが、黙っているだけです、と言った伊兵衛の声が思い出され、仙太郎は思わず探るようにおきぬの顔を見た。だがおきぬは、鏡を伏せて立ちあがりながら、にっと笑っただけだった。唇の紅が、年も考えず濃い。

「今夜はどうしたの？　お店は？」

「ええ、たまに休もうかしらんと思ってるのよ」

それでは、今夜はしんねこというわけだ、と仙太郎は泣きたくなる。

浮かない気分で、仙太郎は飲みつづけた。酒はちっとも味がわからず、どろりとした酔いだけが、身体の底の方にたまって行くようだった。

おきぬが一人で喋《しゃべ》っている。店のこと、朋輩《ほうばい》のこと、客のこと、東仲町の角に出来たかもじ屋のこと。仙太郎は仕方なく短い相槌を打っていたが、しまいには黙りこんでしまった。今夜どうしてこの場所を切り上げたらいいのか。今夜逃げたとしても、明日からはどうなるのか。そんなことだけが酔った頭を一杯に満たし、気分はどこまでも沈んで行くようだった。

「どうしたの？　ちっとも飲まないじゃない？」

おきぬが挑むように笑った。その襟《えり》がしどけなく開いて、白い胸がのぞいている。

仙太郎は眼をそむけた。

「酒はもういいよ。そんなに飲みたくないんだ」

「そう」

おきぬは、仙太郎をじっと見た。それから、それじゃおしまいにするわね、と言って、自分の盃に残っていた酒を、喉《のど》を仰むけてひと息に飲んだ。

仙太郎は横になった。ひどく疲れていた。横になって、おきぬが膳を片づけ、それを階下に運び、帰ってきて押し入れを開け、布団を出すのをぼんやりと見ていた。おきぬは布団を敷こうとしている。

仙太郎は弾かれたように起き上がって言った。

「おきぬさん、話があるんだ」

「……」

仙太郎の声に、おきぬは動きをとめた。むこうを向いて、布団に手をかけたまま、じっとしている。

「あんたに話があるんだ。聞いてくれよ」

「話なんか、後でいいじゃないの」

背を向けたまま、おきぬが言った。だが不意におきぬは、顔だけねじ曲げて仙太郎を見た。底光りするような眼つきをしている。仙太郎は気圧されるのを感じたが、ここで女と寝たりすれば、元の木阿弥だと思った。それどころか、事情はもっと悪くなる。

「こっちへ来て、話を聞いてくれよ」

「そう」

おきぬは今度はあっさり立ってきた。仙太郎の前に坐ると、黙って正面から顔を見つめてくる。しどろもどろな口調で仙太郎は切り出した。

「あんたのことが、親爺に知れてしまったんだ。別れなきゃ、勘当だぞと言われてるんだ」

「……」

「今夜だって、ここへ来ちゃいけなかったんだ。だから、うまく言えないが、いままでのことはなかったことにして、もうこれっきりにしてもらいたいんだよ」

「……」

「むろん、ただで済まそうなんて、考えちゃいない。いままでずいぶん迷惑もかけたことだし、別れてくれれば百両あんたにあげるつもりだよ」

「百両？」

それまで黙っていたおきぬが、びっくりしたような声を出した。

「そう、百両上げる。ただ、いま持ってるわけじゃなくて、その金は、もうひと月ぐらいしないと手に入らないんだ」

「ほんとに、百両くれるの？」

おきぬは念を押した。仙太郎が、そうだと答えると、おきぬは突然笑い出した。あっけにとられている仙太郎の前で、おきぬは腹をよじって笑った。あまり笑って涙がにじんだのを、指でぬぐい取って漸く笑いやむと、おきぬはあっさり言った。

「いいわよ。百両くれるなら別れてあげる」

「ほんとかい？」

仙太郎は思わず叫ぶように言った。伊兵衛が言ったとおりだったと思った。急に眼の前が明るくなったようだった。

「お金は、ひと月ちょっと経ったら、間違いなく届けるから。あんたがうんと言ってくれて助かったよ。これで勘当されずに済む」

「ほんとは、あたしに飽きたんじゃない？」

不意におきぬが言った。仙太郎はぎょっとしたが、おきぬはそんなに機嫌が悪そうではなかった。これで話はおしまいね、と言って立ちあがりながら、大きな声で言った。

「それじゃ、あたしはこれから店に行こうかしら。別れるというあんたといてもつまんないものね」

仙太郎は、女がもう一度化粧をなおし、着物を着換えるのを黙って見ていた。女が意外にあっさりと承知したのが、少し哀れな気もしたが、それよりも喜びの方が大きかった。この女とこれで縁が切れるということが信じられないほどだった。おりえとも、これで大いばりで会える。そう思うと、ともすれば顔色に出そうな喜びを隠すのに、仙太郎は苦労した。

「一緒に出る？　それとも後で出る？」

　支度を調《ととの》えて入口まで行ったおきぬが振り返った。あとで出る、と仙太郎が言うと、おきぬはうなずいた。

　不意におきぬはゆっくり戻ってきた。そして坐っている仙太郎の頸を背をかがめて抱くと、耳に口をつけて囁《ささや》いた。

「やっぱりよした。百両はいらないよ。別れてなんか、やるもんか」

　ひやりとしたものが、仙太郎の首を撫でた。何が起こったのか、仙太郎にはわからなかった。ただ自分が異常な世界に突き落とされた感覚があって、その恐怖のために、仙太郎は獣のような叫び声をあげた。頸にあてた手が、しぶきのようなもので濡れたと思った。

　女が叫んでいる。言ったでしょ？　別れるって言ったら殺すって、言ったでしょ？　その女は部屋の入口まで逃げて、そこに立っていた。黒い影のように見えたが、女が手に握っているものが、ひどくまぶしく光っている。あれは一体なんだ？と思ったとき、部屋全体がぐらりと倒れかかってきて、次に仙太郎は暗黒を見た。

四

「きえの鑑定は、どうだった？」

むかい合うと、すぐに新関は言った。芝蔵は今日、近江屋の女中きえを連れて、昨夜情婦に殺された山本町の布団屋の息子、仙太郎の首実検に行ってきたのである。むろん、見張られている伊兵衛に近づいてきた唯一の人間である仙太郎を、伊兵衛の一味でないかと疑ったのである。

「違うそうです」

と芝蔵は言った。仙太郎は、きえが顔を見た若い男ではなかったのである。

「しかし、もう一人の方の若い男かも知れんのだがな。近江屋の息子の話によると、もう一人は肥っていたというし、布団屋の息子と身体つきは合う」

新関は未練そうに言ったが、むろん証拠があるわけではなかった。仙太郎は死んでしまって、もう確かめようはない。

「それはそれとして、旦那」

芝蔵が、身体を乗り出すようにして、声をひそめた。二人は芝蔵の店の隅に腰かけている。芝蔵はこのところ、伊兵衛にかかりきりになっていて、商売のうどん屋どころでないのだが、二人は大方ここで会ってくわしい相談をしている。その方が、なまじどこかの自身番を借りて話すよりも、こみ入った相談も出来、話がよそに洩れることもない。

いまも離れた場所で、職人ふうの男が一人うどんをすっているが、喰うのに夢中で、こちらを振りむく様子はなかった。

「野郎の考えが、やっとつかめましたぜ」

「伊兵衛か」

「へい」

「どういうこったい？　今日、奴に会ったのか」

「さいで。それも旦那、驚いたことに野郎は今日、むこうから近づいて来やがったんですぜ」

「………」

新関は険しい顔をした。そして、よし話してみろ、と言った。

芝蔵が昨夜、漸く伊兵衛の行先を突きとめて、くたびれはてて戻ると、手先の柳助が待っていた。柳助は男を跟《つ》けて行って、女の家を見張っているうち、物凄い悲鳴を聞いて中に踏みこんだ。見ると男が血だらけで死んでいて、そばに剃刀《かみそり》を持った女が立っていたので、驚いて女を捕え、町の西角にある自身番に連れて行ったのである。女の口から、殺された男が山本町の布団屋の伜だとわかったので、柳助は町役人に女の家と兵庫屋に人をやって待つように言い、芝蔵の家まで戻って来たのであった。

芝蔵は、すぐに八丁堀の新関の家に柳助をやると、自分も仙太郎が殺されている女の家に急行した。近江屋のきえに、仙太郎の顔を見せ、確かめさせることは、そのあとで新関と打ち合わせたことだった。

仙太郎の死体は、昨夜のうちに兵庫屋に引きとらせたので、芝蔵は今日の五ツ半（午前九時）ごろ、きえを連れて兵庫屋に行った。兵庫屋は、葬式の準備でごった返していたが、沈痛な顔をした主人立ち会いの上で検分を済ませ、外に出た。

外に出ると、きえは道端に蹲って、二、三度吐きそうな声を出した。そして立ち上がると、すみませんと言ったが、まだ青い顔をしていた。

「変なものを見せて済まなかったな。女中さん」

と芝蔵はいたわった。

「それで、どうだったね」

「違います」

ときえは言った。

「そうか。あんたが見た男とは違うんだな？」

芝蔵は落胆してそう言ったが、心の中に少し後悔が動くのを感じた。昨日柳助に後を跟けさせるとき、素姓を確かめるだけでいいと言ったが、あれは構わず一度しょっぴいてみるのだったかと思ったのである。

さっき柩《ひつぎ》の中に横たわっていた仙太郎という男は、少なくとも胡乱な匂いのする人間だったのだ。だが、そう思った昨夜、早速に殺されるとは夢にも思わなかったことなのだ。

そういう思案の中で、芝蔵がひょいと後を振りむく気になったのは、やはり岡っ引の勘というものだったかも知れない。芝蔵は人ごみの中に、意外な男の顔を見た。それが芝蔵の注意を惹きつけたものの正体だった。男は伊兵衛だったのである。

伊兵衛は、芝蔵ときさえのすぐうしろにいた。馬道通りは混んでいたが、伊兵衛との間には、五、六人しか人がいなかったようである。芝蔵が振りむくと、ほとんど同時に、伊兵衛の顔がすっと人の陰に隠れた。そしてすぐに町角を曲った伊兵衛の後姿が見えた。伊兵衛が入って行ったのは、門前仲町と大行院という寺の塀にはさまれた小路だった。

伊兵衛の顔を見たとき、芝蔵がとっさにきえをかばう姿勢になったのも、やはり岡っ引の勘だったが、このとき芝蔵にひらめくように理解できたことがあった。

昨夜、芝蔵は伊兵衛の後を跟けた。何度もまかれそうになったが、ついに伊兵衛の行先を突きとめた。伊兵衛が行ったのは清住町だったのである。伊兵衛は物陰から、四半刻ほど近江屋の方をじっと眺め、それから冬木町の家に戻った。途中一度も立ち止まらなかったから、伊兵衛の目的が、そうして物陰から近江屋を窺《うかが》うことにあったことは明らかだった。

それが何のためか、むろん芝蔵はいろいろと頭をひねった。伊兵衛は女中のきえに顔を見られている。そのためにきえを狙っているとも考えられた。そのことも考えて、新関はきえに日暮れから後の外出を禁じている。またそうではなく、伊兵衛は近江屋から奪った金を、そのあたりに隠していて、その場所に異状がないかどうかを探りにきたとも考えられた。あるいは押し込みのあとの近江屋の人の出入りなど、変りようを見にきたとも考えられた。こういう考えを、頭の中で転がしながら家に帰ると柳助がきていて、芝蔵は新しい事件に巻きこまれ、伊兵衛の奇妙な行動のことを忘れていたのである。

だが、馬道通りで近づいてきた伊兵衛を見たとき、芝蔵は、伊兵衛がきえを狙っていることをはっきりと感じたのであった。むろんきえには何もいわなかったが、芝蔵はきえを近江屋にとどけるまで、何度も後を振りむいて伊兵衛の姿を確かめずにいられなかった。

「きえを刺すつもりだった、というんだな？」

芝蔵の話を聞きおわると、新関は念を押し、それから思案するように顎《あご》を撫でた。

「明るいうちだぜ。いくら大胆な奴でも、そんなことが出来るかな」

「人ごみに紛れて、やろうとすれば、出来ないとも言えませんよ。そのぐらいのことはやりかねない奴です」

芝蔵は殺気立った顔になった。

「そうか、一か八《ばち》かと考えてるかも知れねえな。奴は女中に顔を見られていることを知っている。いずれそっちから調べがくるということは承知なんだ。それで一か八か、か」

芝蔵に顔を見られたあと、門前仲町の町家と、寺の塀の間の路地に入って行ったという伊兵衛の後姿が、ちらと新関の頭の中をかすめた。ひと刺し、急所を刺して人に紛れ、小さな道に駆けこむ。並みの人間には出来そうもないことだが、伊兵衛ならやるかも知れない。

——それにしても危い橋を渡る。

と思った。白昼で、しかも女中のそばには芝蔵がついていたのだ。芝蔵の話がほんとなら、あの悪党は珍しく焦りにとりつかれているのかも知れない、という気がした。薄闇の中に四半刻も蹲って、近江屋を見張っていたという伊兵衛の姿が浮かんでくる。そこにも伊兵衛の焦りが感じられないでもない。

女中のきえの話によると、賊二人は顔を見られるとすぐ逃げ出したという。そこのところが納得いかなくて、新関は二度も聞き返した。伊兵衛は、顔を見られた女を、なぜ殺そうとしなかったのかと思ったのである。だがきえの返事は変らなかったので、伊兵衛にはそのときそうするゆとりがなかったか、あるいは別に考えがあって、そのまま逃げたのだと思っていたのである。

だが顔を見られたことは、伊兵衛にとって、やはり重大な手違いだったのだ。だからいまも危険を冒して女に接近しようとしている。無論女を消すためだ。そう考えると辻つまが合い、新関は芝蔵の考えは間違っていない、と思った。女の存在が、伊兵衛の弱点になっている。

「芝蔵、いい考えがある。耳を貸せ」

新関は、身を乗り出した芝蔵の耳に、なにか囁いた。芝蔵は熱心に聞いたが、やがて大きな眼をむいた。

「旦那、そいつは危のうがすぜ。そいつは無理だ」

「危いことはない。こっちの手配りをきちんとやれば大丈夫だ」

新関は励ますように言った。

「ただ捕えて責めたてても、恐れ入りましたと白状するような奴じゃねえ。動かぬ証拠を押さえる必要があるのだ。そのためには、そうやってみるのが一番だ」

「……」

「奴はボロを出しかけている。やっとこっちが思うように動いてきたぜ」

「だが、きえが承知しますかね」

「そいつはくどいてみるしかねえよ。女中じゃあるが、六百両の金がからんでいることは知ってるんだ。いやだとは言うまい」

五

「団子喰いに行くか、団子」

孫のおはるの手をひいて家を出ると、弥十は言った。おはるは喜んで弥十の手を引っぱった。

おやすが、家を出がけに十文くれたが、これで一杯やるというわけにはいかねえ、団子でも喰うしかねえやと弥十は思った。

押し込みの親方伊兵衛からもらった前金は、いい気分でおかめに飲みに通っているうち、すっかり使い果してしまった。そういうことはすぐ察しがつくらしく、弥十がまた金も持たずに飲みに行くのでないかと、おやすの監視の眼は近ごろとりわけ厳しい。弥十としても、前に金はあると大口を叩いた手前もあって、おやすの眼をかすめておかめに行くというのがいかにも気がひける。

夕方になると、思わず喉が鳴るような気がするときもあるが、弥十はここ十日ばかりはおとなしくしていた。もうひと月足らずで残りの五十五両が手に入る、と思い、そう思うと窓障子の骨が折れたのを繕《つくろ》うなどという仕事にも身が入らなくて、弥十はおはるの手をひいて外に出る。
二、三日前朝から晩まで休みなしに雨が降ったが、そのあとはすっかり晴れて、いい秋日和だった。
弥十は町を出て汐見橋を渡り、二十間川の河岸をゆっくり北に歩いた。夏の間その中で騒騒しく行行子《よしきり》が鳴いていた葭《よし》はすっかり枯れいろが目立って、その上を柔らかい日射しが照らしている。

おはるは弥十の手を離れて、四、五間先を小走りに駆けて行く。子供は元気なもんだ、と弥十は少し短くなった裾をはね上げて、活発に動くおはるの足を眺める。弥十は時どき、そんなに走ると転ぶぞとか、あんまり川に近寄るんじゃない、などと声をかける。

二人はいつものように、また三十三間堂の境内に入って行った。時刻は七ツ（午後四時）過ぎで、境内はひっそりしていた。

弥十は、広いところに出てまた駆け出そうとするおはるを呼びとめて茶屋に入り、団子を注文した。子供は喰わすものを喰わして、あとはほっておけばいいのだ。

おはると弥十が、腰掛けに身体をならべて団子を喰っていると、男が一人入ってきて、やはり団子を注文した。団子が運ばれてくると、男は二人に背をむけて、一心に団子を齧《かじ》りはじめた。その丸い背に、見覚えがあるような気がして、弥十は眼を凝《こ》らした。五十過ぎの、無精髭《ひげ》の濃い親爺である。かなりくたびれた腹掛け、も も引きで、半天も着ていない。間違えねえや、あの親爺だ、と弥十は思った。

「おい、とっつぁん」

声をかけると、親爺がびっくりしたように振りむいた。まるで悪事の最中に人に見つかったとでもいうように、眼を一杯に見ひらいて弥十を見た。なんと大げさに驚く親爺じゃないか、と弥十は思った。

「俺だ。ほら、いつか蛤《はまぐり》町の……」

と言いかけると、親爺がみなまで言わせずにぺこぺこと頭を下げた。

「ああ、あのときの。あの節はすっかりごちになっちまって」

親爺は、丸い顔にいっぱいに笑いを浮かべると、茶碗とまだ団子がひと串残っている皿を両手にささげて、弥十の方に引越してきた。寄ってきても、今日は何もねえぞと弥十は思った。

「これが、お孫さんで？」

親爺はおはるにも笑顔をむけた。最後の串にかじりつきながら、おはるはきょとんとした顔で男を見ている。

「可愛い子供さんですな。年はいくつ?」

と男はおはるに言ったが、おはるは急に恥ずかしそうにうつむいて答えない。うつむいたまま、団子を齧っている。

「四つと言いな」

弥十はおはるの頭を撫でたが、男を見たときから気になっていたことを口にした。

「ばかに早いじゃないか。今日は仕事はおしまいかい」

弥十がそう聞くと、男はちらと弥十を見て、それから後首に手をやって、へ、へと笑った。

「どうしたい?」

「仕事じゃねえんですよ、旦那」

「何だい、じゃ今日は遊びかね」

それにしてはちゃんと仕事支度じゃないか、と弥十が不思議そうな顔をすると、男はまた、へ、へと笑って言った。

「なに、ここ三日ほど仕事がねえもんで。でも嬶《かか》にそう言うとうるさいもんで、こういう恰好で……」

男は腹掛けの前を、指でつまんでひっぱった。

「ぶらぶらしてるわけでさ」

ふむ、そういう事情ならおかめに行くどころじゃあるめえ、と弥十はなんとなく同病相あわれむ気持になった。

団子を喰い終って外に出るおはるに、遠くに行くんじゃねえぜ、と声をかけてから、弥十は男と少し世間話をした。

聞いてみると、男は時どきこういうことがあるらしかった。男は昔から左官の下職をしているが、一人の親方についているというのではなく、仕事のありそうなところに首を突っこんで雇ってもらう、日雇いのような仕事をしている。一時は決まった親方の下で働き、そこから仕事をもらって手間賃もよかったが、酒がもとで、その親方をしくじってしまったのだ。

「まあ、結句《けっく》その方が気楽でござんすがね。ただ仕事を探すのに、ひと苦労しまさ」

そう言ったが、男は割合のんきそうな表情だった。

そうか、それで仕事のない日は、このあたりをぶらぶらしてるわけだと弥十は思った。背を丸めて、一心に団子を齧っていた男の後姿を思い出し、同じ素寒貧でも、俺にはいずれ金が入るあてがあるからな、と男と自分をひきくらべて見たりした。

その金は、もうひと月足らずもじっと辛抱すれば、手に入る。

――おや。

さっきまで店の前にちらちらしていたおはるの姿が見えないのに気づいて、弥十は立ち上がった。男との話が長過ぎたようだった。

そっけない別れの言葉を残して、弥十はそそくさと茶屋を出た。見渡したが、おはるはいなかった。境内はひっそりして、門脇の茶屋の前で、年増の女中が一人、あたりに人気もないとみてか、はばかりもない大あくびをしている。

弥十は、あくびをしている女中に近づいて聞いた。

「女の子を見なかったかね」

「女の子？」

「四つぐらいの女の子だが……」

「さあ」

女はあわてている弥十をじろじろ眺めながら、そっけなく言った。

「そんな子は見かけなかったね」

「そんなはずはないがな。さっきまでこのあたりにいたんだ」

漸く胸騒ぎがしてくるのを押さえて、弥十が思わず詰《なじ》るように言うと、女は眼をとがらせて言い返した。

「それだったら自分で探したらいいじゃないか。あたしゃ人の子の番をするために、店に雇われてんじゃないんだからね」

弥十が憤然としてなにか言い返そうとしたとき、店の中から男が声をかけた。店先の狭い仕事場で団子を焼いていた若い男だった。

「花柄の着物を着た女の子かね」

「そうだよ」

「その子なら、さっき男の人と一緒に、そこを出て行ったよ」

若い男は、門を指さした。そして首をかしげて言った。

「おかしいな。その子は、あんたの家の子かね」

弥十は最後まで聞かなかった。顔色を変えて門を走り出た。人攫《ひとさら》いだ、と思った。夏の初めのころ、隣の島田町で人攫いがあったのだ。攫われたのは六つになる女の子で、行方は、まだ知れない。

——おはる。

弥十は息を切らして河岸の方に走りながら、心の中で叫んだ。短い裾の下で魚が跳ねるようにとびはねた、細く白い足。団子のあんこを口のまわりに一杯くっつけた顔などが、切れ切れに弥十の眼の奥で踊った。走るとすぐに息切れがしてきて、足が思ったほど動かないのがじれったかった。地ひびき立てて走りすぎる弥十を、すれ違った者が、何事かといった顔で振り返った。

二十間川の河岸に出て、弥十は左右をいそがしく確かめた。すると、まばらな人通りの中に、北の永居橋の方にむかって歩いている、おはると男の姿が見えた。男はもう一人いて、両側からはさむようにおはるの手をひいている。三人は川端の蛭《えび》子《す》ノ宮に突きあたると、左に折れて姿を消した。

――見つけたぞ。人攫い野郎！

馬のように鼻息を荒げて走りながら、弥十は歯ぎしりした。

それでも橋の手前で、弥十はおはるに追いついた。

「おい、待て。てめえら」

後から弥十が怒鳴ると、二人の男はぎょっとしたように弥十を振りむいた。一人は丸い顔に、まるでだるまのように濃い髭をたくわえた四十ぐらいの男で、もう一人は、痩せて背が高い二十半ばの男だった。若い男は青白い顔をし、頬の肉がそぎ落としたように落ちている。二人は無言で弥十を見た。

「てめえら、俺の家の子をどこへ連れて行こうてんだ」

「……」

「察するところ、てめえら人攫いだな」

弥十が喚《わめ》くと、若い男がにやりと笑った。するとおはるがわっと泣き出して、弥十の方に手をさしのべた。四つの子ながら、それまで恐怖をこらえていたとわかる、激しい泣き声だった。だがおはるの肩は、髭男にしっかりと摑《つか》まれている。

「やろ!」

おはるの泣き声に胸を刺されて、弥十は髭男にむかって突進した。すると髭男がおはるをひょいと抱きあげて橋の方に逃げ、身体を寄せてきた若い男が、横から弥十の横脇を蹴った。弥十はよろめいて地面に膝をついたが、もう一度蹴りにきた男の足をはねあげて立ち上がると、今度は殴りかかってきた男を突きとばし、髭男に飛びかかった。髭男が逃げたので、弥十は男の片足にしがみついただけだった。髭男は、弥十にしがみつかれたまま、片足をあげてまともに弥十の顔を蹴った。だが弥十は唸り声をあげただけで、手を放さなかった。

「おじいちゃん、おじいちゃん」

髭男の腕の中で、おはるが泣き喚いた。その声に励まされるように、弥十はじりじりと男の身体をたぐりながら、膝を起こした。その間にも、若い男が休みなしに弥十の背と腰を後から蹴りつづけたが、弥十はついに髭男をおさえつけて立ち上がると、むしり取るようにおはるを男の手から奪った。

「さあ来い、てめえら」

弥十はおはるを後にかばって叫んだ。弥十の顔は、さっき髭男に蹴られたとき吹き出した鼻血で、真赤になっている。身体中がほてって痛かったが、弥十は意気軒昂としていた。荒荒しい怒気が弥十を活気づけている。弥十は仁王立ちになって、殴りかかってきた若い男の腕を受けとめると、逆に男の顔がひん曲るほど殴りつけて突き放した。

顔をしかめて後に飛びのいた若い男が、懐から取り出したものを構えて腰を落とした。傾いた日射しにきらりと光ったのは匕首《あいくち》だった。

——来やがれ、やろ！

弥十はおはるを後手にかばいながら、自分も少し腰を落として身構えた。身体から冷や汗が吹き出し、ぞっと寒気がした。同時に弥十はくらりと目まいがして、吐気がこみあげてくるのを感じた。ひどく気分が悪かった。身体から急に力がぬけ落ちたようだった。ことに右半身がだるく、立っていられないほどだった。

若い男はじりじりと詰め寄ってくる。弥十はあたりを見回した。生憎《あいにく》歩いてくる者はいない。弥十は橋の方を見た。そこには髭男がいて、黙ってこちらを眺めている。

「こいつはいけねえや」

弥十は呟《つぶや》いて男を睨んだが、不意におはるを引き寄せて胸に抱きこむと、亀の子のように地面に蹲《うずくま》った。襲いかかった若い男が、その上に二度匕首をふりおろした。

弥十は喚いた。だが身体の下に抱きこんだおはるを手放さなかった。

「おい、人が来たぞ」

髭男らしい声がそう言った。

「がきをどうするね」

「しゃあねえ、あきらめろ」

あわただしい足音が遠ざかるのを聞きながら、弥十は大きな喚き声を立てた。身体中が痛んだが、ことに肩と太股のあたりに、焼かれるような痛みがあり、痛苦はそこから身体の隅ずみまで駆け抜ける。喚かずにはいられない。

別の足音が駆け寄ってきて、弥十のそばでとまった。

「おい、どうしたね。あの二人は一体何者だい？　なんで、こんなひどいことをする？」

「人攫いだ」

弥十は切れぎれに言った。眼の前が暗くなっている。相手がこちらをのぞきこんでいる気配はわかるが、顔がはっきり見えなかった。舌が妙にだるい。だるい舌を操って、弥十は漸く言った。

「入船町の、市助の嬶を呼んで、くれ」

「よし、わかった」

相手は言って、人を見つけたらしく大声で、おいこっちへ来てくれ、大変だ、と叫んだ。その声を微かに聞きながら、弥十は意識が少しずつ昏《くら》くなるのを感じた。こんなひでえ喧嘩をしたのは、久しぶりだと思った。そう思ったとき、弥十は頭の中で糸のようなものが切れたのを感じた。ぴんと音がしたようだった。精が切れたなと弥十は思った。年寄りだから無理もねえや。

意識がとぎれる寸前に、おはるを放しちゃならねえ、と思って弥十は腕を動かした。

だが、弥十は命を取りとめた。知らせを聞いて駆けつけたおやすが、集まっていた人人に頼んで、弥十をそこから一番近い医者に担《かつ》ぎこんでもらった。傷は二カ所とも深手だったが、その手当ての早さが弥十を救ったのである。

ただ意識が戻ってからも、弥十は物言いが不明瞭だった。ろれつが回らず、何を言っているのかわからない。それが中気だと気づくまで、家の者はなお二、三日かかったのである。

しかしおやすは、病気になった弥十をやさしく扱った。おやすの眼には、あの日永居橋に駆けつけたときの恐ろしい光景が、まだはっきりと焼きついている。血だらけで地面に倒れながら、弥十はその身体に縋《すが》って泣きじゃくっているおはるを、まだしっかりと抱えていた。弥十が命がけで、人攫いから子供を守ろうとしたのは明らかだった。

それを見たときおやすは、夢中で「おとっつぁん、ごめんね」と叫んだのだ。それまで父親に冷たかったことが、錐《きり》のようにおやすの胸を刺したのだった。中風にしても、年寄りには無理な、そのときの争いがもとでそうなったことは、考えるまでもないと思われた。決して粗末には扱うまいと、おやすは心に決めている。

それに、こうして寝て動けなければ、銭をもたずに飲みに行くこともないし、悪いことをする心配もない、とおやすはひそかにそう思ったりするのである。

弥十の頭は半分痺《しび》れている。その丈夫な方の頭に、時おりふっと、伊兵衛からもらうことになっている金のことが浮かんでくることがあった。そういうとき、弥十はあわただしくおやすを呼び、そのときが来たらもらいに行け、忘れるな、と言いつける。

おやすは、弥十がそういうと、以前は見せたことのない笑顔で、やさしく聞きとろうとするのだが、結局は弥十の言うことは理解できず、見当違いの一人合点をして立って行ってしまうのだ。

だが弥十の苛立ちは、ほんの僅かな間だけのものだった。考えはじきに金のことから離れて、次に弥十の頭にはとりとめもない若いころの思い出などが浮かんでくる。弥十はなぜか陶然として、そういうもの思いに身をまかせるのである。

弥十に訪れているのは、疑いもなく老耄《ろうもう》の兆《きざ》しだったが、それで一概に弥十が不しあわせだとも言えない。弥十の半身は痺れたままで、かりに伊兵衛から金が入ったところで、もはや弥十は旅に出る足を持っていないのである。

六

佐之助は、伊兵衛の後を跟けていた。後を跟けるのは今日がはじめてではなく、だいぶ前からのことである。

半月ほど前、佐之助が近江屋の近くまで行ったのは、やはりある不安からだった。近江屋に押し込んだ晩、顔を見られた伊兵衛はきえを殺せと言ったが、それは佐之助に出来ることではなかった。

佐之助はただきえに、顔を見たことを誰にも言うなと口止めし、伊兵衛に用心するように言い置いただけである。あわただしく追い立てられる気分になっているときのことで、それだけ言うのが精一杯だったのだが、その後の不安は大きかった。

十日ばかり、佐之助は一歩も外に出ないで家の中に閉じこもっていた。ああ言ったものの、きえが、それではそうすると言ったわけではない。そして二人を見たことを、きえが誰にも言わないと、保証があるわけではなかった。きえが佐之助に見切りをつけて姿をかくしてから、三年経っている。いまは赤の他人なのだ。

そう思うと、奉行所の人間がそのあたりまできているような気がして、佐之助は家を出られなかったのである。

そうして十日ほど過ぎたが、何事も起こらなかった。佐之助はほっとした。結局きえは何も言わなかったのだ、と思った。だがすぐに別の心配が心を占めてきた。しかし伊兵衛が、きえをそのままにして置くはずはない、と思えたのである。

佐之助は町に出て、伊兵衛の動きを探った。そしてある夕方、思ったとおり伊兵衛が近江屋の様子を窺《うかが》っているのを突きとめたのであった。伊兵衛がきえをねらっていることは明らかだった。伊兵衛がきえに手出しするようであれば、邪魔してやるしかないと佐之助は思った。

だが、きえは佐之助に言われたとおり、用心しているとみえて、外に姿を見せなかった。買い物にも、近江屋の女房が出てきて、魚や大根を下げて戻る。そしてきえの用心が、ただ佐之助に言われてそうしているのでないことが、間もなくわかった。伊兵衛を跟けているうち、ひと眼で奉行所の人間とわかる男たちが、伊兵衛のまわりをうろついているのに気づいたのである。その中には、佐之助も顔を知っている芝蔵という男もいた。

——きえは、話したのだ。

と佐之助は思い直した。きえは顔を見たことを話し、奉行所はそれを、前から眼をつけている伊兵衛と結びつけた。だから、ああして伊兵衛を跟けまわし、きえには外出を控えさせている。そう思った。

考えてみれば、それで辻つまが合った。たとえ佐之助にああ言われたところで、一人の雇人にすぎないきえが、わけも話さずに外の用事に出るのがいやだと言い、それをまた近江屋の人間が承知して、女房が使いに出るなどということはあり得ないのだ。

佐之助は、そこまで考えて水を浴びたような気持になったが、しかしそれにしては裏店の家に、奉行所の人間がやって来ないことが不思議だった。伊兵衛がああして勝手に動き回っているのに、捕えようとしないことも腑に落ちなかった。

——話したことは、話したのだ。

だがきえは、たとえば一人は黒江町に住む佐之助だったと、はっきりは言っていないのだと思った。また、あのとっさの場合に、きえがどれだけはっきり伊兵衛の顔を見たかも疑わしいのだ。だから、奉行所はまだ二人について確証を握ってはいない。だからとりあえずきえを用心させ、伊兵衛を跟け回しているに過ぎないのだ。

だがそうだとすると、奉行所には、伊兵衛という人間の恐ろしさが十分にわかっていないかも知れなかった。伊兵衛が近江屋の近くに行って、半刻もの間様子を窺ったりするのは、きえを消すためだと、佐之助にはわかる。うまく消せれば、たとえ奉行所に捕まったところで、白を切り通せる。伊兵衛はそう考え、執拗にその機会を窺っているに違いなかった。

そうさせないためには、きえをよそに移すしかない。それが漸くまとまった佐之助の考えだった。近江屋の女中をやめさせ、伊兵衛の眼がとどかないところに隠す。そうするためには、きえに会って説得しなければならないのだが、佐之助も伊兵衛同様に、きえの姿を見かけることはまったくなかった。佐之助は、やむを得ずぴったりと伊兵衛を跟け、いざというときの用心をしている。

きえを見殺しにすることは出来なかった。それはきえが自分のことを奉行所に喋《しゃべ》らないでいてくれるからではなかった。一年ほど同じ家に寝起きした女だからという気持とも少し違っていた。強いて言えば小心でおびえやすいきえが、伊兵衛のような恐ろしい男につけ狙われているのが哀れだった。そうなったいきさつについては、自分もかかわりがある。

伊兵衛は、伊勢崎町の河岸の先にある橋をひとつ渡って、仙台藩蔵屋敷の脇に出た。そのまま長い塀に沿って、海辺大工町の方に歩いて行く。少し肩を丸め加減に、小幅な足運びで、ただの商人としか見えない後姿だった。

伊兵衛は、町に突きあたって、左に曲った。そこから左側は武家屋敷、右側が町家になっている。傾いた日射しが、真直ぐ西の方から町に流れこみ、明るい日射しの中に、混むというほどでもない人が動いている。その長い通りの先が近江屋がある清住町だった。

漠然とした不安が、佐之助を包みはじめていた。その理由がわかっている。いつもなら、このあたりまでくると、どこからか手先ふうの男が現われて、それとなく伊兵衛を跟けはじめるのである。その男たちの姿が、見えなかった。擦れ違ったり、佐之助を追い抜いて行ったりする人間は、ただの町人だった。

佐之助は後を振り返った。慎重に町家の軒下まで、なめるように見たが、そういう男たちは見当らなかった。佐之助は胸騒ぎがした。奉行所が、警戒を解いたとしか思われなかった。伊兵衛は野放しにされていた。そのことに気づいているのかどうか、伊兵衛は十間ほど先を、同じ足どりで歩いている。その背を見つめながら、佐之助は足を早めて、少し距離をつめた。

不意に伊兵衛が立ち止まった。佐之助も立ち止まった。そしてすぐに、伊兵衛がなぜ足を止めたかがわかった。むこうからきえが歩いてくる。逆光で、きえの姿は黒く見えたが間違いなかった。

一度立ち止まった伊兵衛が、ゆっくりきえに近づいて行く。佐之助は走り出した。伊兵衛ときえが擦れ違おうとしたとき、佐之助は間に飛びこんで、きえを突きとばした。瞬間、匕首のようなもので袖を斬られたのを感じた。振りむくゆとりがなく、佐之助は倒れたきえの上から覆いかぶさった。

後から背を刺されるかと思ったが、そういうことはなく、そのかわり背後に突然に怒号と格闘の音が起こった。

身体を起こして佐之助が振りむくと、二間ほど先の地面から、捕縄をかけられた伊兵衛がひき起こされるところだった。伊兵衛の着物は土埃にまみれ、額からひと筋、顔に血が流れている。

そばに奉行所の同心とわかるなりをした武士と、芝蔵という岡っ引、ほかに三、四人手先らしい男たちがいる。手先の一人は、みるみる集まってきた人を散らそうとしていた。その男たちが、どこから出てきたのか、佐之助にはわからなかった。

「ちょっと女中さん、この男をみてくれ」

同心が気さくな口調できえを呼んだ。すると佐之助の後から、きえが前に出て行った。佐之助は茫然と見送った。漸く伊兵衛が罠《わな》にかかった状況がのみこめて来たようだった。きえは囮《おとり》だったのだ。

「この間、あんたが見たというのは、この男かね」

きえが、はいと答える声がした。

「伊兵衛、年貢の納めどきのようだな。動かぬ証拠がこれだ」

同心は手に持っていた匕首で、ひろげた片方の掌をぴたぴたと叩いた。

「お前が、この女を刺そうとしたのは、みんなが見ている」

佐之助は、そっと人垣に紛れようとした。するとその背に、同心がおい待て、と言った。振りむくと同心がじっと見ている。鋭い眼だった。

「お前は女中を助けようとしたようだが、知り合いか」

「いいえ、ただの通りがかりの者です」

「名前は？」

「佐之助と申します」

「住居はどこだい？」

「へ。黒江町の甚之助店《だな》で」

「女中さん」

同心は、今度はきえに言った。

「お前さんが見た、若い男というのは、その男じゃあるまいな」

きえはちらと顔をあげて佐之助を見た。それから、小さいがはっきりした声で、違います、と言った。

「そうか。おい」

同心は縛られている伊兵衛を振りむいた。

「お前はこの男を知らないか」

伊兵衛は無表情に佐之助を見た。石ころを見るような眼だった。佐之助は掌にじっとりと汗がにじむのを感じ、身体がこわばったが、伊兵衛はそっけなく首を振った。

「知らねえ奴でさ」

「そうか。いや、町人」

同心は表情を崩し、白い歯を見せた。

「手間をかけたな。引き取っていいぜ」

奉行所の人間が伊兵衛を引き立て、集まっていた人間がぞろぞろと川端の自身番の方について行ってしまうと、後に佐之助ときえが残された。

「おめえのことが心配でな。あいつを見張っていたのだ」

佐之助が言うと、きえはすみません、と言った。うつむいている髪から、油のいい匂いがした。その匂いが女と過ごした遠い日を思い出させ、佐之助を少し感傷に誘った。

「あいつがおめえを狙っていることはわかっていたからな。だから、近江屋なんぞ、やめさせちまって、よそに世話しようかと、俺もずいぶんこのあたりをうろついたのだ」

するときえが驚いたように顔をあげた。だが、どういう意味か首を振って、またうつむいてしまった。

「しかし驚いたぜ」

佐之助は非難するように言った。

「囮役を引きうけるなんて、無茶だぜ。まかり間違えば刺されている」

じっさい佐之助は、そのことでまだ驚きがさめなかった。きえは臆病な女で、そんなことを引きうける度胸など、持ち合わせていないはずだったのだ。

「でも、そうしないとお金が戻りませんから」

「金なんぞ、どうでもいいじゃねえか。よその家の話だ。女中で勤めている間のことだろう？　やめちまえばかかわりねえものを」

「違うんですよ」

きえは、うつむいたまま小さな声で言った。

「近江屋の嫁に、と話が決まっているんです。だからお金が戻って来ないと、あたしも困るんです」

七

薄い雲がひろがっていて、そのために空は一面に赤く染まっている。それで町はかえって暗く見えた。

——きえは、少し変ったな。

暗い町を歩きながら、佐之助はさっき別れてきた女のことを考えていた。もう、小心でおびえやすい女ではなかった。ちゃんとやるべきことをやっていたのだ、と思う。伊兵衛からきえをかばってやるつもりでいたが、かばわれたのは佐之助の方かも知れなかった。きえは、奉行所の同心に佐之助のことを訊《き》かれて、違うと答えたが、伊兵衛の前でそう言うには勇気が必要だったはずだ。伊兵衛が、いやその男はあのときの相棒だといえば、きえは一貫して伊兵衛の言い分を否定しなければならない。それだけの腹を決めなければ、あの答弁は出来なかったはずだと佐之助は思った。

——近江屋の息子と、うまくいっているのだ。

佐之助は、幾分妬《ねた》ましい気分でそう思った。一度見ただけだが、悪い感じはしなかった近江屋の息子のことを思い出していた。その息子と結ばれ、暮らしの拠《よ》りどころを得たことが、きえをしっかりと腹の据わった女にしているのかも知れないと思った。

そう思うと、きえがにわかに遠い人間に思えた。佐之助がいとしんだのは、臆病で、おびえやすい女だったのだ。きえも去り、あのおくみも去った、と思った。

――さて、金はどうなる？

佐之助は足を早めた。そのことを、おかめの親爺に確かめてみようと思ったのである。

おかめはがらんとして、親爺一人が所在なげに店に腰かけて、山芋の皮をむいていた。佐之助はいつもの隅の席に行った。そうして腰をおろして店の中を見回していると、伊兵衛がやってきて話しかけたはじめのころと、店がどこか違ってしまったような印象をうけた。第一に例の常連の姿がない。またいたとしても、彼らはもう、ただのおかめの常連ではないのだ。曰《いわ》くがついてしまった。

酒を運んできた親爺に、佐之助は低い声で言った。

「伊兵衛が捕まったぜ」

親爺は茫然と佐之助を見つめた。その手から銚子を奪い取りながら、佐之助は言った。

「ほんとうだ。この眼で見てきた」

「……」

「ところで、金はどうなるんだね。あんた、あり場所を知らないか」

親爺は首を振った。しかし佐之助が、まあ坐らないか、と言うと親爺は佐之助の前の腰掛けに坐った。そしてぼそぼそした声で言った。

「断わっておきますが、あたしはあの人をよく知ってて、少しは手伝いもしましたが、仲間じゃありませんよ」

「そうかい。それで金を隠した場所は聞いてないのか」

「知りませんな。あのひとが言うはずがありませんよ。そういうことはわかるでしょ？」

そう言われると、親爺が言うとおりだという気がした。伊兵衛は、そういうことを人に洩らすような男ではない。家の者にだって言っていないだろう。

佐之助は気落ちして、あんたもどうかね、と銚子をあげた。すると親爺は立って行って自分の盃を持ってきた。佐之助は親爺についでやり、自分のにもついだ。

「すると、ただ働きをしたというわけだ」

「でも、あんたは運がいい方かも知れませんよ」

盃をなめながら親爺が言った。

「あの浪人さんは死にました」

「なんで？」

「お武家同士で果し合いをなさったそうです」

「それで負けたのか」

「いえ、相手も死んだそうですよ」

「なんで果し合いなんぞしたんだね。いい恰好して」

「さあ、事情は知りません。あの仙太郎さんという……」

親爺は、ほかに客もいないのに、声をひそめた。

「あの若い衆は、女に殺されました」

「なんだって？」

佐之助は、盃を口に運ぶ途中でとめた。

「年増女に好かれていましてな。聞いたところでは女と別れる金欲しさに、伊兵衛の旦那に誘われたようですが、その女に殺されたそうです」

「………」

「それにですな」

親爺はいよいよ声をひそめた。

「あの爺さんですがな。爺さんは中風になりました。もうすっかりぼけてしまったと、近所の噂ですから、金のことは忘れちまったかも知れませんな」

「……」

すると、五人の男たちが、人の知らない闇の中で回しつづけてきた歯車が、これでぴたりと止まったのだ。歯車は俺ひとりでは動かない。佐之助は沈黙したが次に不意に腹の底から笑いが衝《つ》きあげてくるのを感じた。なんという運のない、情ない連中なのだと、昔の飲み仲間の顔を一人一人思い浮かべながら、佐之助は笑った。するとあの爺さんが、金が払えなくて息子か娘がくるまでじっと飲みつづけていることも、品がある青白い顔をうつむけて浪人が飲んでいることも、肥って、飲むと真赤になりながら、若い男がいそがしく盃を運ぶのをみることもなくなったわけだと思った。

笑いながら、佐之助はろくに言葉をかわしたこともないその男たちを、自分がひどく好いていたのを感じていた。連中は間違いなく仲間だったのだ。むろん押し込みにはかかわりない仲間だ。笑いの一皮下に、険悪な怒りが動いていた。彼らをそうした運命といったようなものに、佐之助の怒りはむけられている。

「ひでえ話だ」

佐之助はなおも笑いながら言った。

「じゃ親爺は、一ぺんに上得意を三人も逃したわけだ」

「へい」

親爺も、仕方なさそうに笑った。佐之助は話を変えた。

「それで伊兵衛はどうなるんだね。捕まってそれでおしまいかね」

「さあ」

親爺はぼんやりした口調で言った。

「おしまいでしょうな。しかし、あのひとのことだから……」

「牢破りでもやるかね」

「いえ、金を残らず差し出して、また島送りにでもしてもらう算段をしているかも知れませんよ。なにしろ、人は殺していませんから」

「ほう。そんなことが出来るのかね」

「お役人とそういう取引きが出来ればの話ですよ。もっとも旧悪がばれたら、あの旦那にしてもおしまいでしょうがね」

「俺はどうなる？」

と佐之助は言った。

「俺のことを占ってみないか」

「どうということもないでしょ。あのひとは仲間がどうこうと、お役人にばらすような人じゃありませんから」

店を出てから、佐之助はひどく酔っているのに気づいた。つまらない小石につまずいて前にのめったりする。佐之助は険しい顔で、夜道をのめるように歩いた。気持が荒れていた。死んだという浪人の伊黒や仙太郎という男。中風で倒れたという弥十の顔が浮かんで、消える。みんなこの間までぴんぴんしていたのだ。あんなに意気込んで、押し込みなんぞやりやがって、ばかめ。

「哀れな話じゃねえか。なあおい、聞いてくれ。哀れな話じゃねえか」

夜道で人に会うと、佐之助は寄って行って喚いた。だが人は佐之助を恐れて、遠く避けて通りすぎるだけだった。

あの連中と、二度と顔をあわせることはないのだと思った。すると一人取り残されたような寂寥《せきりょう》が胸を満たしてくるようだった。知ってるやつが、みんないなくなりやがった。連中も、きえも、おくみも、と思った。

黒江町の裏店の土間に、佐之助はのめりこんだ。すると障子が開いて、柔らかい手が佐之助を助け起こそうとした。

「おや、おめえは誰だい？」

佐之助は首をもたげた。すると暗い光の中に、女の姿が眼に入った。顔ははっきり見えなかった。女は佐之助を引っぱりあげながら、くすくす笑った。

「おめえ、誰だっけ？」

「上がって下さいな。そうすればわかりますから」

「おや、その声はおくみだな」

と佐之助は言った。女は佐之助があんなに探しても見つからなかったおくみだった。おくみに助けられて茶の間に上がりながら、佐之助は言った。

「おめえ、いつ帰って来たんだ」

「今日の昼」

「ふーん」

佐之助は崩れるように畳に腰をおろした。

「いま、お茶出しますから」

「まあいい、坐れよ」

佐之助が言うと、おくみはおとなしく前に坐った。いくらか頬に肉がついて、前よりも若く見える。

「おめえ、どうしてここ出て行ったんだね」

「だって」

おくみはうつむいた。

「図図しい女だと思われたくなかったもの」

「きいたふうなことを言うんじゃねえや」

「それに、ここの人たちにも外聞が悪いでしょ？」

「知ったことじゃねえや」

「そうなんだわ。大切なのは、あんたがあたしのような女を好いてくれたことだもの。そう思って帰ってきたの」

佐之助は女を見た。おくみは瞬きもしないで、佐之助を見つめている。佐之助は女の手を取って引き寄せた。するとひ小柄なおくみの身体は、畳をすべって佐之助に倒れかかってきた。女の頸《くび》に顔を埋めると、いい匂いがした。

「おめえ、ほんとにおくみか」

「ええ、そうよ」

「ほんとのおくみだったら、乳に触らせろ」

おくみは答えなかったが、黙って襟をくつろげると、佐之助の手を胸の奥にみちびいた。佐之助の手は、熱く柔らかい隆起を摑んでいた。奥村をたずねた朝、明け方の光の中に浮かんだ二つの乳房が眼の奥に浮かんだ。安堵感が、佐之助の胸を満たした。

――このあたたか味を頼りに、生きるのだ。

と思った。日雇いでも何でもいい。世間の表に出してもらって、まともに働き、小さな金をもらって暮らすのだ。百両などという金は、あれは悪い夢だったと思った。根のない暮らしはもう沢山だ。

「もう、どこにも行くな」

佐之助が言うと、おくみはええと言い、佐之助の手を押さえて、重い乳房を押しつけてきた。

解説
藤沢ハードボイルドの世界

湯川　豊

『闇の歯車』を読みはじめて、すぐに気づくことがある。文体が違う。いつもの藤沢周平の文章とはだいぶ違っている。抑制と透明感のある文章ではなく、打ちこむような、あるいはたたみかけるような、速度のある強い語り口で小説がはじまり、その調子がずっとつづいてゆくのである。

そういう文体で、長屋の畳の上に仰向けに寝ころがった佐之助という男の、心の動きとその後の起きあがっての行動が語られる。その佐之助の行動は、ずいぶん危ういものだ。賭場にいる一石屋という金貸しが出てくるのを待って、いうことを聞かせるために匕首《あいくち》で相手の腿を刺す。佐之助の談判の中身は、ある商家に貸した金の取り立てを半年待て、ということだ。奇怪にして不思議な脅迫なのである。

それが最初の章である「誘う男」の出だしである。話の裏側に闇があり、その闇のうえに、いわばハードボイルド推理小説ふうの文体がある。

ハメットにはじまり、チャンドラーで新しい文学ともなったアメリカのハードボイルド小説という言葉を、藤沢周平の時代小説に用いるのは、あまりに安易と思われそうだな、という危惧が私にはある。しかしいっぽうで、乾いて強い文体に驚嘆したうえで、チャンドラーを想起せずにはいられないということがあって、ハードボイルドという言葉を使ってしまうのだ。藤沢周平はハメットやチャンドラーのかなり熱心な読者だったという証言もあることだし、この言葉を使うことが許されるのではないかと、自分勝手に思ったりもしている。

ただし、ハードボイルド推理小説は、大方が探偵役（主として私立探偵）の語り、あるいはその視点から書かれている。この小説では、たとえば佐之助は岡っ引のような探索者ではない。取調べを受ける側にいる、怪しげな人間のひとりなのだ。

すなわちこれは江戸の町を舞台にした、ハードボイルド調の犯罪小説。いつもの藤沢周平とは違う、それにふさわしい工夫をこらした文体と小説の骨組がある。私たち読者は、そんなふうに思いながら有無をいわせぬストーリーの展開に引きずられてゆくのである。

さらに同じような手法で、三人の男が紹介される。いや、紹介される、という言葉は適当ではない。男たちの担っている不運の人生の、それぞれの場面に私たちは連れこまれるのである。

伊黒清十郎は、重い病いを患っている妻をもつ浪人。道場の代稽古などをして生活の資を得ている生真面目な男だが、いかなるときも病妻の苦しみが忘れられない。妻を看《み》ている医者に、酒を飲みに行く余裕があるなら溜っている治療代を払えと嫌味をいわれても、「おかめ」という小さな居酒屋で気持をまぎらわすことを止められない。

医者がさらにいうには、ご新造の労咳《ろうがい》はなおりにくいところまで進んでいる。薬を飲むより、海辺の村へでも連れていって養生させるほうがいいのではないか。しかし伊黒にそんな金はない。静江という人の妻と相思相愛になり、脱藩して二人で江戸の町中に移り住んだ。明日をも知れぬ日々を生きている。

弥十は、白髪が目立つ年寄り。元建具職だが、三十年も前に博奕《ばくち》のからんだ喧嘩で人を刺し、江戸払いになった。五年前に江戸に帰ってきて、娘夫婦の家に住んでいる厄介者。もうひと旗あげたいと思いつつなす術《すべ》なく、居酒屋「おかめ」で飲んだくれ、娘夫婦を困らせている。

仙太郎は、夜具を商っている兵庫屋の若旦那。魅力ある許嫁《いいなずけ》がいるのだが、三つ年上の料理屋の女中と深い仲になっている。おきぬという、美貌で淫蕩なその年増女から逃れられず、進退きわまっている。ここでの男女の描写が濃密で凄絶。「別れるなんて言ったら、殺す」という女の科白《せりふ》を背負って、仙太郎はこれまた「おかめ」の看板までいる客なのだ。

　この三人に佐之助を加えた四人が、「おかめ」の夜遅くまでいる常連客なのだが、互いに声をかけあうこともなく、皆ひとりずつで、勝手に酒を飲んでいる。ただし四人を束ねて、自分の思い通りの力にしようとする者がいて、伊兵衛という五十がらみの男がそれ。表向きは金貸しだが、本業は盗人《ぬすつと》。四人べつべつに平然と自分が盗人であるのを打ち明けて、協力すれば五十両、百両の分け前を渡すともちかける。伊兵衛は四人の現状を詳しく調べあげていて、その弱点をちらつかせながら、金で釣るのである。四人は、伊兵衛の誘いに乗る。

　以上のように、私が事改めて登場人物たちをここで確認したのは、この犯罪小説がいかに独創的な構成をもっているか、ということをいいたいためであった。蜆《しじみ》川のほとりにある「おかめ」という小さな居酒屋に、四人の市井に生きる男たちがいて（浪人も一人まじるが）、それを伊兵衛という狐のようにしたたかな男が束ねて、押し込みをやろうとする。伊兵衛以外は全員シロウトだから、盗みのあとですぐに解散すれば、けっして足はつかない。じつにしたたかな押し込みのくわだてなのだ。

　このくわだてを書くには、それをやる人間の側から描くしかない。居酒屋の客の四人が、互いによく知らないままに強盗をするなんて、あまりにつごうのいい方便ではないか、とそれだけ聞けばそう考える人がいるかもしれないが、四人の不運を背負っている人間の描き方には痛切なものがあって、私は十分に説得された。

では、この犯罪を捜査する側の人物はいないのかというと、ちゃんと存在している。南町奉行所の新関多仲《にいぜきたちゆう》という定町廻り同心と、岡っ引の芝蔵である。新関は、伊兵衛という一見商人風の男が漂わせている匂いをあやしんで、これをつけ回しているのだが、伊兵衛が束ねた四人組のことは知りようがない。すなわち、新関の捜査が主筋となるハードボイルド推理小説ではなく、いってみれば新関も四人組と同格の、登場人物にすぎないのである。これまた、作者の工夫の一つなのだ。

さて、伊兵衛は夜遅くに四人を「おかめ」に集めて、押し込み先を打ち明ける。繰綿《くりわた》問屋である近江屋で、そこには組合が幕府に納める冥加金が六、七百両あるという。そして主人をおどして金をとるのは自分がやるといい、四人の役割をそれぞれに指示する。じつにかんたんで遊んでるうちに金を手にするようなものだ、と豪語する。

伊兵衛のもう一つの指示は、押し込みの時刻で、日暮れどきにやるのだという。それに疑問を呈した佐之助に向って、いう。そう、押し込みは夕方に限るのです、と。夜はどんな家でもきびしく戸締りをするから、(あなたがたのような)素人衆《しろうと》には無理。それにひきかえ、日が暮れると間もなく、ぱったりと人の姿がとだえる時がある。それが逢魔《おうま》が刻《とき》、それこそが、楽々と押し込みがやれる時間なのだ。

　ところで、この小説は一九七六年の「別冊小説現代」新秋号に一挙掲載されたのだが、そのときのタイトルは「狐はたそがれに踊る」というものだった。単行本で『闇の歯車』と改題されたのである。元のタイトルは、押し込みが日暮れどきに行なわれるのを、作家が強く意識していることを示しているともいえるだろう。

　たしかに逢魔が刻こそが押し込みに最適という伊兵衛の考えは独創的である。私は民俗学の泰斗《たいと》である柳田國男の『妖怪談義』を思いだした。柳田はそこで語っている。

　夕暮れどきを、「たそがれ」とか「かはたれ」というのは、「誰ぞ彼」「彼は誰」を意味する。昔の日本人にとっては、昼が夜に変わる、その変化の時こそが、一種の空白を出現させる「悪い刻限」なのであった。とりわけ地方の田舎ではその恐怖感が強く、夕暮れを逢魔が刻などと呼ぶのはそのせいである。田舎では、自分が他所者《よそもの》つまり恐怖の対象とされないために、「お晩でございます」などとていねいに声をかけあうのを常とした。

　そして、江戸のような大都市であっても、子供が攫《さら》われるのはきっと夕刻で、「悪い刻限」の記憶は薄れていないのである。伊兵衛という狐は、江戸の町中に出現する空白の時を利用しようとした。

　伊兵衛と共に、作者である藤沢のしたたかな目が働いているというべきだろう。

押し込みは、ほぼ伊兵衛の思い通りに達成されるのである。しかし、これが成功といえるかどうか、その後の経緯については、ここでは書かないでおくことにする。

それにしても、この犯罪小説の主人公は誰と考えたらいいのだろうか。「狐」といえるのはただひとり、四人の素人を束ねた伊兵衛であるが、この男は読者がわずかながらでも心を寄せるようには描かれていないのである。たんなる悪の源にすぎない。

では、悪の源を摘発しようとする奉行所の同心新関某《なにがし》はどうか。この捜索者にも傍役の面影しかない。

私は、やはり最初と最後に語られる佐之助を考えたい。他の素人三人が、それぞれに不運に見舞われる。そして三人とはろくに言葉をかわしたこともないのに、彼らの不運の人生に好意をいだき、「間違いなく仲間だ」と思う。そういう佐之助の存在に、私は読後のカタルシス（浄化作用）を感じた。佐之助は、おくみという女に頼って、これからは世間の表に出て生きようと決意する。

藤沢周平のハードボイルド的小説といえば、人がすぐ想起するのは『消えた女』をはじめとする「彫師伊之助捕物覚え」の三部作シリーズだろう（『漆黒の霧の中で』『ささやく河』とつづく）。元岡っ引の彫師伊之助が主人公で、彼はどう勧められてもふたたび十手を持とうとはせず、素手のまま捕物事件の探索者になる。その点では、探索者である私立探偵が語り手であるアメリカのハードボイルド小説の江戸版なのだった。

ところが『闇の歯車』の文体は彫師伊之助シリーズに近いけれど、物語の仕立てがまったく違う。犯罪小説ではあるけれど、犯罪の扱い方が、市井に生きる四人の人生の側からなのである。物語の構成がわかりやす過ぎるほど明からさまなのに、四人の人生それぞれの陰翳の深さにしたがって、きわめて面白い。これは、作家の手腕のみごとさというしかない。藤沢作品のなかでも特別なもの、という感懐が深い。

（文芸評論家）

単行本　一九七七年一月　講談社刊
一次文庫　一九八一年十二月　講談社文庫
二次文庫　一九九八年十一月　中公文庫

内容は「藤沢周平全集」第十三巻を底本としています。

DTP制作　ジェイ エスキューブ

文春文庫

闇《やみ》の歯《は》車《ぐるま》

定価はカバーに表示してあります

2018年5月10日　第1刷
2018年12月25日　第2刷

著　者　藤《ふじ》沢《さわ》周《しゅう》平《へい》
発行者　花田朋子
発行所　株式会社　文藝春秋

東京都千代田区紀尾井町 3-23　〒102-8008
TEL　03・3265・1211(代)
文藝春秋ホームページ　http://www.bunshun.co.jp

落丁、乱丁本は、お手数ですが小社製作部宛お送り下さい。送料小社負担でお取替致します。

印刷・凸版印刷　製本・加藤製本
Printed in Japan
ISBN978-4-16-791069-3

鶴岡市立 藤沢周平記念館 のご案内

藤沢周平のふるさと、鶴岡・庄内。
その豊かな自然と歴史ある文化にふれ、作品を深く味わう拠点です。
数多くの作品を執筆した自宅書斎の再現、愛用品や自筆原稿、
創作資料を展示し、藤沢周平の作品世界と生涯を紹介します。

利用案内

所在地　〒997-0035　山形県鶴岡市馬場町4番6号（鶴岡公園内）
TEL/FAX　0235-29-1880/0235-29-2997
入館時間　午前9時～午後4時30分（受付終了時間）
休館日　水曜日（休日の場合は翌日以降の平日）
年末年始（12月29日から翌年の1月3日まで）
※平成25年4月より、休館日を月曜日から水曜日に変更しました。
※臨時に休館する場合もあります。
入館料　大人320円［250円］高校生・大学生200円［160円］
※中学生以下無料。［ ］内は20名以上の団体料金。
年間入館券1,000円（1年間有効、本人及び同伴者1名まで）

交通案内

・JR鶴岡駅からバス約10分、「市役所前」下車、徒歩3分
・庄内空港から車で約25分
・山形自動車道鶴岡I.C.から車で約10分

車でお越しの際は鶴岡公園周辺の公設駐車場をご利用ください。（右図「P」無料）

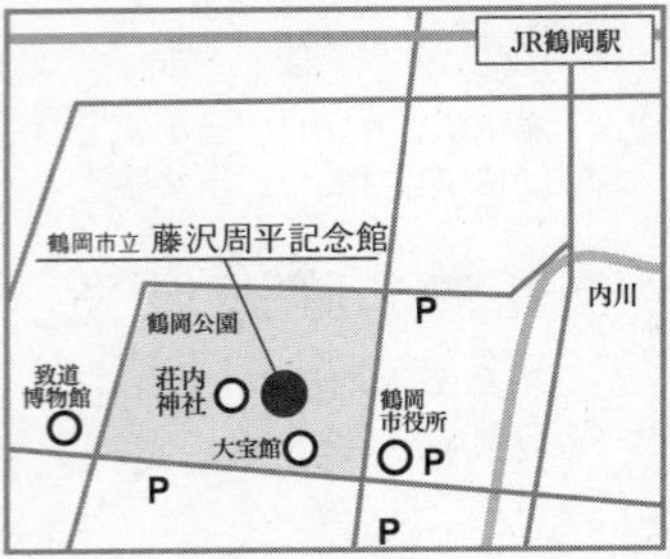

―― 皆様のご来館を心よりお待ちしております ――

鶴岡市立 藤沢周平記念館

http://www.city.tsuruoka.yamagata.jp/fujisawa_shuhei_memorial_museum/